4

ESO

edebé

Llengua i Literatura

Primer trimestre

El projecte de **Llengua i Literatura 4 ESO**

COMENCEM...

Una unitat inicial per a facilitar l'acollida de l'alumnat que s'incorpora a l'etapa (o al curs) i per a activar-ne els coneixements previs.

LES UNITATS

Imatge inicial relacionada amb la unitat, acompanyada dels **continguts**.

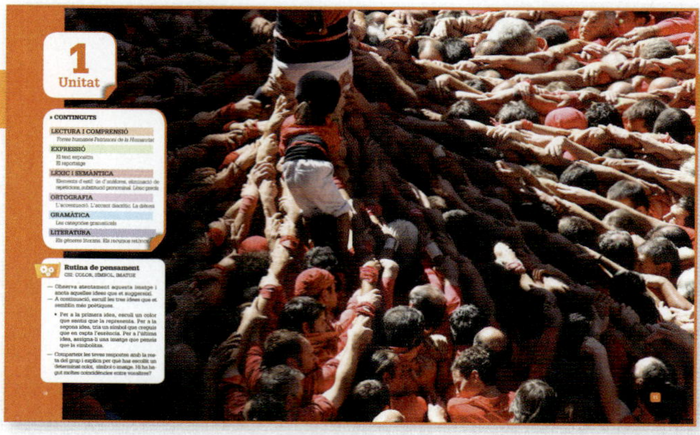

LECTURA I COMPRENSIÓ

Selecció de **textos de tipologies diverses** i programa pautat de **comprensió lectora.**

EXPRESSIÓ

Anàlisi i redacció de **textos escrits** de tipologies diverses.

MONOGRÀFIC

Llengua i societat
Fonètica i fonologia
Comentari de text

Espais per al treball de continguts i estratègies transversals al currículum de l'àrea.

EMPRENEM

Creativitat, iniciativa, treball en equip... en un projecte real.

AVALUA LES TEVES COMPETÈNCIES

Activitats que permeten valorar els coneixements i les competències adquirides d'un trimestre.

edebé On
projecte global interactiu

Llibre digital interactiu

Incorpora els **recursos digitals** necessaris (vídeos, presentacions, activitats interactives, àudio, enllaços...) per tal que el professorat gestioni d'una **manera eficaç** l'aprenentatge en l'**aula digital.**

GRAMÀTICA / ORTOGRAFIA / LÈXIC I SEMÀNTICA

Per a assolir un major domini de la llengua. Es treballen les destreses necessàries per a comprendre oracions, escriure paraules correctament i fer un ús precís del vocabulari.

LITERATURA

Anàlisi de la història de la **Literatura catalana** a partir de textos del període.

ACTIVITATS FINALS

Síntesi dels continguts treballats en la unitat i activitats variades que permeten **repassar** els continguts.

POSA A PROVA LES TEVES COMPETÈNCIES

Activitats integrades a partir d'un text de la vida quotidiana per a valorar els continguts i el progrés en l'adquisició de les competències.

RUTINA DE PENSAMENT

Per a aprendre a pensar.

ÀGORA

Un espai obert al diàleg i la reflexió.

PBL

Aprenentatge basat en problemes.

VISIÓ 360°

Experiències d'aprendre fora de l'aula.

CRE@CTIVITAT

Eines TIC per a cercar solucions creatives.

DESTRESES DE PENSAMENT

Per a un pensament crític i creatiu.

TÈCNIQUES COOPERATIVES

Per a millorar la responsabilitat individual i les relacions socials.

INTEL·LIGÈNCIES MÚLTIPLES

Perquè hi ha diferents maneres d'aprendre i ésser intel·ligent.

Disponible en el teu espai personal: **www.edebe.com**

Multidispositiu

Quadern digital interactiu

Organitzat en **seqüències temàtiques** per a promoure l'**aprenentatge autònom** per part de l'alumnat (sota la planificació i control del docent) en un **format digital amigable i intuïtiu.**

Biblioteca de recursos digitals

Un **espai** fàcilment **accessible** en el qual trobareu recursos per a consultar, descobrir i explorar el coneixement.

Índex

0 Unitat

Les vacances d'estiu ja han arribat a la seva fi. Segurament hauràs aprofitat per practicar activitats de lleure a l'aire lliure. L'activitat física és important per a la nostra salut. Per aquest motiu, en alguns espais ens trobem recomanacions com aquesta.

Lectura i comprensió

1. Llegeix atentament la informació d'aquest cartell i realitza les activitats que hi ha a continuació.

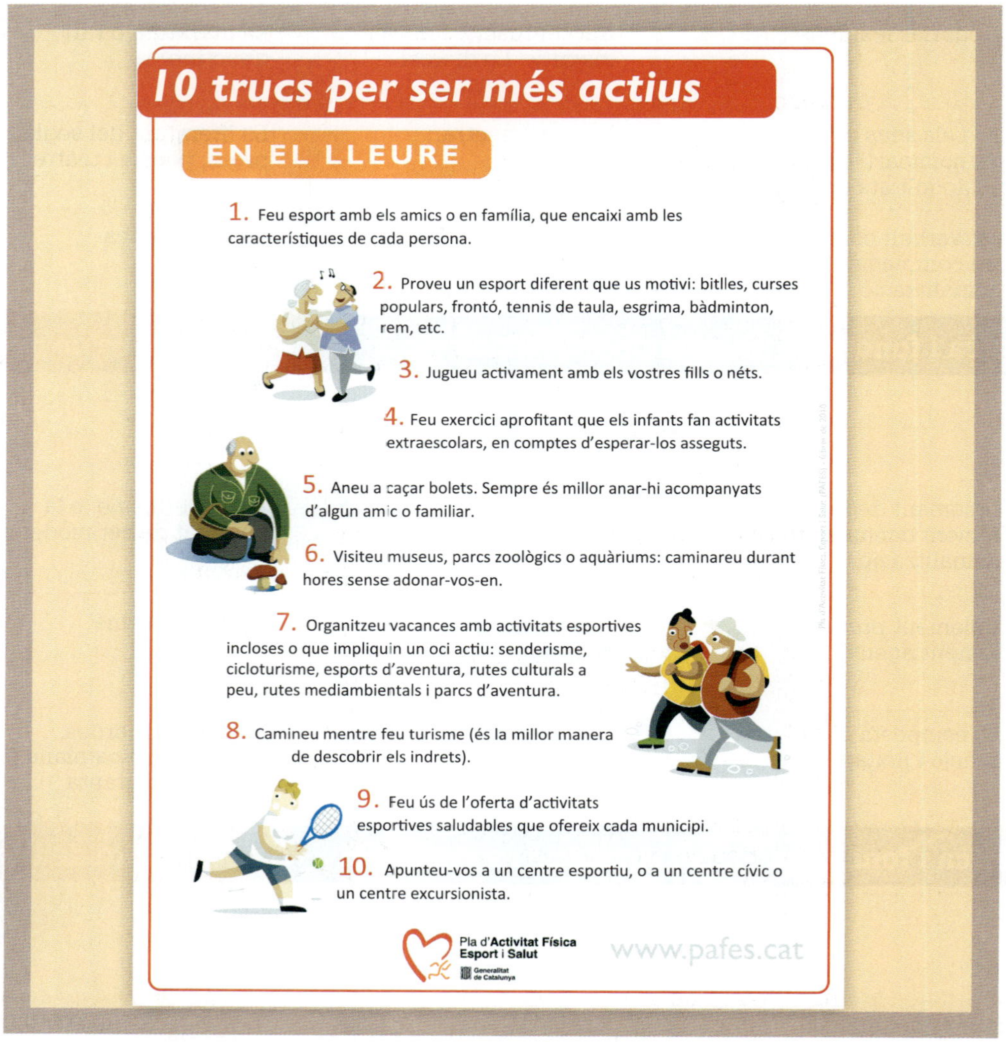

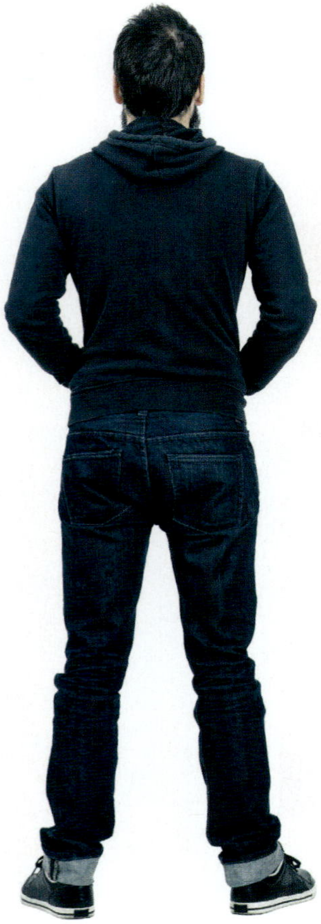

— Quina és la finalitat d'aquest cartell informatiu?

— Quines propostes d'activitat física es poden practicar integrades en la rutina diària?

— Enumera les activitats de cap de setmana que es poden practicar sense que siguin esports convencionals.

— Quins esports alternatius són recomanables?

— Quines possibilitats d'activitat física se'ns proposen per a les vacances? I per als caps de setmana?

— Explica què significa la recomanació de practicar un esport que encaixi amb les característiques de cada persona.

— A quin tipus de públic està adreçada aquesta informació?

— Quin organisme promou aquestes recomanacions? Per què?

Expressió: escrita, oral i audiovisual

Segons la intenció i la informació que volem expressar ho farem amb un tipus de text o un altre. Fixa't en aquestes tipologies textuals:

TEXT ARGUMENTATIU

Defensa una **opinió** concreta mitjançant **arguments**, amb la finalitat de convèncer el receptor.

ESTRUCTURA

- **TESI:** La idea que es vol defensar.
- **ARGUMENTS:** Opinions i dades que defensen la tesi.
- **CONCLUSIÓ:** Resum d'allò que hem defensat.

TEXT EXPOSITIU

Informa de manera **clara** i **ordenada** sobre un tema en concret.

ESTRUCTURA

- **PLANTEJAMENT:** Presentació del tema.
- **DESENVOLUPAMENT:** S'hi exposa la informació.
- **CONCLUSIÓ:** Resum de les idees més importants.

TEXT INSTRUCTIU

Explica de manera entenedora com es fa una acció determinada, per a què serveix un aparell o com funciona.

ESTRUCTURA

- **ENUMERATIVA:** Es presenta el text de forma esquemàtica (amb guionets, punts, numeració, negretes, colors...).
- **REDACTADA:** Les instruccions es presenten redactades (amb connectors d'ordre, oracions subordinades o coordinades...).

2. Fixa't en el cartell informatiu de la pàgina anterior i determina de quin tipus de text es tracta. Justifica la teva resposta amb exemples del text.

- ☐ Una notícia
- ☐ Un text instructiu
- ☐ Un text argumentatiu
- ☐ Un text expositiu

3. Observa aquesta imatge, interpreta la informació que aporta i expressa-la en forma de text expositiu.

4. Formeu grups de quatre i comenteu entre vosaltres com és la vostra alimentació. Seguiu les indicacions que es donen en aquest cartell?

— Abans d'arribar a una conclusió, fixeu-vos bé en els diferents grups d'aliments de la piràmide: quins han de ser els aliments més abundants en la nostra dieta si volem gaudir d'una vida més saludable?

El **mapa mental** permet organitzar amb facilitat els pensaments i representar-los de forma molt intuïtiva i clara.

Per tal d'**elaborar** un mapa mental cal seguir les pautes següents:

- El **concepte a treballar** se situa en el **centre** i representa la idea més important.
- D'aquesta idea irradien una sèrie de **branques** que representen els pensaments principals, i d'aquestes surten altres branques que expressen els pensaments secundaris.

L'ús de colors, símbols, imatges, paraules... ajuda a posar en relleu i destacar la **relació** entre les idees.

Gramàtica

5. Seguint les pautes anteriors, completa i amplia amb exemples el mapa mental següent. El concepte a treballar són les **categories lèxiques** que poden formar una oració.

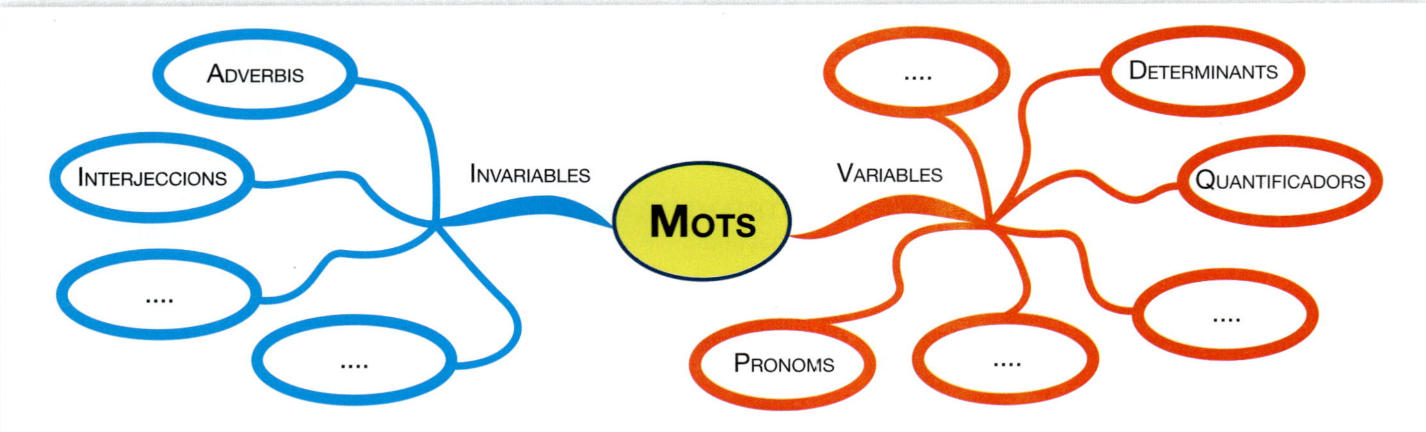

6. Llegeix aquesta oració i escriu a quin tipus de categoria lèxica pertany cadascuna de les paraules que la formen.

Feu esport amb els amics o en família, que encaixi amb les característiques de cada persona.

Les **funcions sintàctiques** són les diferents relacions que s'estableixen entre els mots d'una oració. Les principals funcions sintàctiques són:

- Subjecte **(S)**
- Predicat **(P)**
- Complement del nom **(CN)**
- Atribut **(Atr)**
- Complement directe **(CD)**
- Complement indirecte **(CI)**
- Complement circumstancial **(CC)**
- Complement predicatiu **(CP)**
- Complement agent **(Ag)**
- Complement de règim **(CR)**

7. Reconeix la funció sintàctica dels elements destacats d'aquestes oracions.

- Practiqueu **una activitat física**.
- Aneu **a caçar bolets**.
- Anima **els teus fills** a practicar activitats de lleure.
- Les activitats esportives es practiquen **amb moderació**.
- Camina **ràpidament**.
- Els museus van ser visitats **per tota la colla d'amics**.
- **Tothom** hauria d'aprofitar les vacances per fer rutes a peu.
- Les famílies haurien de provar **un esport diferent (bitlles, esgrima, rem...)**.

— Substitueix per un pronom, en el cas que sigui possible, els complements que has identificat.

Lèxic i semàntica

Conèixer l'estructura dels mots i els mecanismes de formació de les paraules ens ajuda a consolidar i ampliar el nostre vocabulari. Dominar les relacions semàntiques que s'estableixen entre les paraules ens permet enriquir el nostre llenguatge i, per tant, expressar-nos amb més precisió.

- Els **prefixos** són partícules que posem davant d'algunes paraules per formar-ne unes altres amb significat diferent. Els **sufixos** són les partícules que afegim darrere dels mots per formar-ne de nous.
- La **derivació** és la formació de paraules noves mitjançant l'ús de sufixos i prefixos. La **composició** consisteix a unir dues o més paraules simples per formar-ne una de composta.

8. Identifica els prefixos i els sufixos d'aquestes paraules

extraescolars - aquàriums - cicloturisme - mediambientals - senderisme

— Les paraules anteriors han estat formades mitjançant la derivació o la composició? Justifica la teva resposta.

9. Substitueix els mots en negreta per una paraula derivada que expressi la idea contrària. Utilitza els prefixos *des-, a-, in-, im-, ir-* o *il-*.

— Va córrer la cursa a un ritme **normal**, força **acceptable**.

— És una experiència **repetible**.

— Durant l'excursió vaig caminar de manera **regular** per una ruta molt **típica**.

— El meu amic és una persona **honesta**, sempre **lleial**, **noble**.

— L'informe del partit de futbol reconeix que aquella jugada era **lícita**, totalment **legal**.

— És **necessari** que el cos estigui en actitud **mòbil**.

10. En aquest text apareix massa vegades el verb *fer*. Torna'l a escriure substituint, quan puguis, aquest verb per uns altres verbs o per perífrasis verbals sinònimes, que vulguin dir el mateix.

Com que ja havia fet els treballs de l'institut es va posar a fer la bossa del gimnàs. Va anar caminant ràpidament fent el camí de sempre, caminar ràpid l'ajudava a escalfar el cos.

Així després no calia que fes els exercicis d'escalfament. Li encantava fer esport perquè així s'oblidava dels problemes del dia. Quan va sortir del gimnàs va tornar a casa relaxadament disposat a fer un bon berenar. Li va costar decidir què faria aquell vespre, perquè els companys no paraven de fer-li propostes i no sabia què fer.

Ortografia

L'escriptura correcta de les paraules és imprescindible per a comprendre qualsevol text. Les normes ortogràfiques ens ajuden a escriure adequadament les paraules de les quals dubtem.

11. Torna a llegir el cartell «10 trucs per ser més actius» de la pàgina 6 i respon:

— Selecciona cinc mots aguts que no portin accent gràfic. Després, busca-hi un mot amb accent gràfic. Justifica per què aquestes paraules s'accentuen o no.

— Anota totes les paraules esdrúixoles. Justifica per què porten accent gràfic.

— Busca-hi tres mots que duguin accent diacrític. De quina altra paraula es volen distingir? Per què?

— Justifica per què s'apostrofen o no aquests articles davant d'aquestes paraules.

- els infants
- l'oferta

1 Unitat

» **CONTINGUTS**

Rutina de pensament

CSI: COLOR, SÍMBOL, IMATGE

— Observa atentament aquesta imatge i anota les idees que et suggereix.

— A continuació, escull les tres idees que et semblin més destacables.

- Per a la primera idea, escull un **color** que sentis que la representa. Per a la segona idea, tria un **símbol** que creguis que en capta l'essència. Per a l'última idea, assigna-li una **imatge** que pensis que la simbolitza.

— Comparteix les teves respostes amb la resta del grup i explica per què has escollit un determinat color, símbol o imatge. Hi ha hagut moltes coincidències entre vosaltres?

La tradició dels castells

Els castells són una de les manifestacions culturals més genuïnes i singulars d'Europa. La tradició castellera va tenir l'origen fa més de dos segles al Camp de Tarragona (Valls) i al Penedès, i posteriorment es va difondre arreu de Catalunya. Els castellers s'enfilen els uns damunt les espatlles dels altres per construir torres humanes de fins a nou i deu pisos d'alçada.

De les nombroses colles castelleres actuals, cal esmentar, entre moltes d'altres, la Colla Vella i la Colla Jove dels Xiquets de Valls, els Castellers de Vilafranca i els Minyons de Terrassa.

Abans de llegir

Treball en equip, esforç i esperit d'autosuperació. Aquests són els valors que encarnen els castells, una pràctica cultural amb més de 200 anys d'història, que el novembre de 2010 fou declarada per la UNESCO Patrimoni Cultural Immaterial de la Humanitat.

La declaració de la UNESCO assenyalava: «Els castells són reconeguts pels catalans com una part integral de la seva identitat cultural, transmesa de generació en generació, que proporciona als membres de la comunitat un sentiment de continuïtat, cohesió social i solidaritat.»

Torres humanes Patrimoni de la Humanitat

Sota el tradicional lema identificador «força, equilibri, valor i seny», els castells constitueixen una excel·lent targeta de presentació de Catalunya al món. Contemplar una exhibició castellera i, especialment, participar-hi és una experiència apassionant que permet posar de manifest la lluita per l'autosuperació individual i col·lectiva, l'esforç per assolir un objectiu, la solidaritat i la integració de gent de totes les edats, condicions i capacitats en un mateix projecte.

Una pràctica cultural única al món

Les dades més antigues dels castells es remunten al segle XVIII. Des d'aleshores la popularitat de les torres humanes ha viscut diferents etapes. Després de consolidar-se al segle XIX, aquesta pràctica va decaure a inicis del segle XX, i va ressorgir durant la dècada del 1960. L'època daurada dels castells es va produir a partir de 1990, i es manté molt viva avui dia.

Actualment es comptabilitzen més de 60 colles als Països Catalans, amb 7 000 castellers i 16 000 castells enlairats cada any. Aquestes són les xifres d'una pràctica única al món, una tradició plena de plasticitat i emoció que va rebre un dels més alts reconeixements l'any 2010, gràcies a la declaració de Patrimoni Immaterial de la Humanitat per part de la UNESCO.

Una tradició amb 200 anys d'història

La pràctica dels castells és originària de l'àrea de Tarragona, i més concretament de Valls, on va néixer. Les dades més antigues d'aquestes construccions humanes es remunten, com ja s'ha dit, al segle XVIII: les torres formades per dues o tres persones eren la culminació del Ball de Valencians, un ball popular propi de les festes majors de la zona de Tarragona i la comarca propera del Penedès. L'atenció cada cop més gran que va rebre la construcció d'aquesta torre va provocar que s'independitzés de la resta del ball: d'aquesta forma naixien els castells com a exhibició amb un caràcter propi.

El segle XIX va ser el de la consolidació dels castells i les primeres imatges que es tenen daten d'aquesta època: es tracta de construccions de fins a nou pisos d'alçada. Per contra, a principis del segle XX la seva pràctica va decaure davant la competència de fenòmens folklòrics emergents com la sardana o l'esport. Tot i això els castells no van desaparèixer ni sota la dictadura del general Franco, que els va autoritzar sota la tutela del règim.

Durant la dècada de 1960 els castells van experimentar un creixement, però no va ser fins el 1990 que aquesta pràctica va viure un autèntic «boom», gràcies en bona part a la retransmissió de les exhibicions castelleres per televisió. Hi han contribuït igualment la creació de noves colles de perfil jove i multicultural, l'assoliment de noves i espectaculars construccions i la consolidació de les xarxes associatives a Catalunya.

Entre finals del segle XX i principis del XXI s'han assolit grans castells, alguns recuperats del segle XIX i altres completament nous, com les primeres construccions de 10 pisos. L'expansió de les colles i la incorporació de nous segments socials fan que els castells visquin actualment el millor moment de la seva història.

Els castells, per dins

Com funciona una actuació castellera?

— Es fa en el marc d'una festa popular o celebració.

— Té lloc a la Plaça de la Vila, davant de l'Ajuntament.

— Normalment reuneix tres colles.

— Comença amb un pilar que entra caminant a la plaça.

— El castell s'enlaira al so de la música tradicional.

— Les colles tenen tres rondes per aixecar els seus castells.

— L'èxit consisteix a carregar i descarregar el castell.

— L'actuació es tanca amb un pilar de comiat.

— Tothom pot participar a la pinya del castell.

— Les diferents colles es diferencien pel color de la indumentària. Totes comparteixen tres elements distintius dels castellers: la camisa, la faixa i el mocador.

El quatre de deu amb folre i manilles, castell de dificultat extrema, va ser descarregat per primer cop en la història per la colla dels Minyons de Terrassa el 22 de novembre de 2015.

LECTURA I COMPRENSIÓ

Tipus de castells

Els castells es divideixen segons: l'alçada, l'estructura de la base (una, dues o tres bases, una sobre de l'altra) i el nombre de persones en cada pis.

Els castells poden ser de diversos pisos: 6 (dificultat baixa), 7 (gamma bàsica), 8 (dificultat accentuada), 9 (molt difícils) i, fins i tot, 10 (només se n'han descarregat deu en 200 anys). Els seus segments s'anomenen «pinya», «tronc» i «pom de dalt». A cada pis (baixos, segons, terços, quarts...) hi poden anar entre dues i cinc persones.

Fonts: http://patrimoni.gencat.cat/ca/coleccio/castells i www.cccc.cat/ [Text adaptat]

Sabies que...

— Els principals valors dels castells són: treball en equip, esforç i esperit d'autosuperació.

— Durant els anys 1950-1980 les colles es van convertir en una via d'integració a la cultura catalana per a les persones que procedien d'altres zones d'Espanya.

— Tradicionalment, les colles estaven formades només per homes. A finals de la dècada de 1970 van acollir un gran nombre de joves, molts d'ells dones.

— Als anys 1990 i des de començaments del segle XXI les colles han estat destí de molts immigrants de diversos orígens que ha rebut el nostre país. Per això a les colles actuals la pluralitat social, cultural i de procedències és notable.

— Els castells són presents de forma habitual en els mitjans de comunicació.

— La percepció que la societat catalana té de la realitat castellera és molt positiva, com ho demostra un estudi del Departament de Cultura de la Generalitat de Catalunya i la Coordinadora de Colles Castelleres.

Vocabulari casteller bàsic

agulles: castellers que aguanten els genolls dels segons per evitar que caiguin endavant.

aixecador: nen o nena del penúltim pis del castell o torre que s'acotxa de quatre grapes damunt dels dosos i que permet a l'enxaneta de pujar sobre seu i coronar el castell.

baixos: primer pis que subjecta els pilars del castell.

carregar: completar un castell.

colla: agrupació de castellers.

descarregar: desmuntar un castell.

dosos: parella de castellers del pom de dalt, sobre els quals se situen primer l'aixecador i finalment l'enxaneta.

enxaneta: nen o nena que corona el castell; en arribar a dalt, alça el braç (se'n diu: *fer l'aleta*).

folre: segona pinya que reforça els castells de més dificultat.

manilles: grup reduït de castellers que, situats al nivell dels terços i pel damunt del folre, serveixen de suport als quarts.

pilar: castell format per pisos d'una sola persona.

pinya: estructura complexa que cenyeix la part inferior del castell per evitar que el pes la desplaci.

primeres mans: castellers que aguanten les cames dels segons per evitar que caiguin.

torre: castell format per pisos de dues persones.

Visió 360º

Els castellers no són els únics que fan construccions humanes a Catalunya, també hi ha els Falcons. Es tracta d'una manifestació gimnàstica, esportiva i acrobàtica apareguda a Catalunya al començament del segle xx. Tenen com a referència els Sokol ('falcó' en txec), i que ha esdevingut tradicional al Penedès. En les seves actuacions els falconers fan construccions acrobàtiques, que recorden els castells, però amb més varietat de formes i estil.

Els Falcons no són originaris d'aquí sinó que van aparèixer al segle XVIII a partir d'una ideologia humanista que volia incorporar la gimnàstica en l'ensenyament. Aquest interès va arrelar principalment en mitjans acadèmics i militars.

- Busqueu a Internet més informació sobre els Falcons: com van arribar a Catalunya, quines característiques tenen, quantes colles hi ha a Catalunya, fotografies...

Després de llegir

Obtenció d'informació

1. Respon les preguntes següents sobre la lectura:

— Quin és el lema del món casteller?

— De quin lloc són originaris els castells? I de quin segle?

— Quin reconeixement van rebre per part de la UNESCO?

— Quin és l'origen d'aquestes construccions?

— Quins altres fenòmens folklòrics li van fer ombra a principis del segle xx?

— Què va ocasionar l'auge dels castells als anys 1990?

— Quan es pot dir que s'ha fet una bona actuació?

— Quins distintius són propis del món casteller?

— Com es classifiquen els castells?

2. Digues si les afirmacions següents són vertaderes (V) o falses (F).

	V	F
• A les actuacions, es conviden normalment tres colles.	☐	☐
• Els castells van acompanyats algunes vegades de música.	☐	☐
• L'actuació comença amb el pilar caminant per entrar a la plaça.	☐	☐
• Només hi poden participar les persones que s'han apuntat a la colla.	☐	☐
• Les parts d'un castell són: pinya, tronc i pom de dalt.	☐	☐
• Les colles sempre han estat formades per homes, dones i nens.	☐	☐

3. El reportatge es divideix en diferents parts per poder treballar diversos aspectes del mateix tema; cada part està encapçalada per un subtítol. Resumeix cada una de les parts en dues o tres ratlles.

Interpretació

4. Escriu un sinònim de cadascuna d'aquestes paraules segons el context de la lectura:

- Genuïnes: ....
- Culminació: ....
- Emergents: ....
- Assolit: ....
- Indumentària: ....
- Acollir: ....

5. L'ús d'un registre lingüístic o un altre depèn del tipus de text. Tenint en compte que el reportatge és un text periodístic, quin registre s'utilitza en aquest reportatge? Justifica la teva resposta.

6. El món dels castells té algunes expressions pròpies, com per exemple *fer llenya*, que vol dir que un castell cau. Mira de definir les expressions següents: *fer l'aleta, fer pinya, carregar un castell, intent de castell, castell amb folre i manilles*.

7. Per què es diu en el reportatge que els castells són una de les manifestacions més genuïnes i singulars d'Europa?

8. En el reportatge se'ns explica que els castells eren la culminació del Ball dels Valencians. Busca a Internet informació sobre aquest Ball: quan es feia, en què consistia, qui el ballava, per què el feien, com es ballava i on se celebrava.

Reflexió

9. Explica la importància que té per a una tradició que sigui declarada Patrimoni de la Humanitat. Quines altres tradicions catalanes han estat també premiades amb aquesta denominació?

10. La construcció d'un castell sempre va acompanyada de la música de les gralles i els tabals. Quin creus que és el seu paper en una actuació castellera a la plaça?

11. Quin és el paper de la figura del cap de colla? Quina importància té en la construcció del castell? Aquesta figura és extrapolable a la vida real? Qui i en quins àmbits?

12. Has vist mai una actuació castellera en directe o per televisió? Explica què et va semblar tot aquell espectacle, quines sensacions vas viure quan veies pujar aquelles persones fins a dalt de tot i carregar el castell, o quan va fer llenya (si fos el cas).

— Què et van transmetre tots aquells castellers fent una pinya gegant per aconseguir un mateix objectiu?

Si no has vist mai cap actuació aquí en tens una, per a què te'n facis una idea.

http://links.edebe.com/n3ve3u

Expressió

13. El món casteller viu un dels millors moments de la seva història. Cada any es creen noves colles. Però, com es crea una colla castellera? Visiona el reportatge següent i ho sabràs:

http://links.edebe.com/umsjd

— Escriu les instruccions necessàries per crear una colla castellera.

14. El món casteller posseeix un vocabulari molt ric en termes específics propis d'aquesta disciplina tradicional. Per parelles, dibuixeu un castell o busqueu-ne una fotografia i assenyaleu totes les seves parts: pinya, folre, manilles, tronc, pom de dalt... El web següent us pot ajudar a identificar el lèxic propi dels castellers.

http://links.edebe.com/n7mu

Àgora

Els castells no són només un conjunt de persones que s'enfilen les unes sobre les altres sinó que al seu voltant hi ha un munt de valors que fan que aquesta construcció sigui possible. El text ens diu que els principals valors per a fer castells són el treball en equip, l'esforç i l'esperit d'autosuperació.

» **Per parelles penseu per què són tan necessaris aquests valors per a que un castell es carregui amb èxit.**

» **El treball en equip és molt important en diferents àmbits de les nostres vides. En quins àmbits i per què?**

» **Busqueu altres valors que es destaquen en aquest reportatge, tant d'una manera directa com indirecta, com per exemple la companyonia, i expliqueu el motiu de la seva importància.**

Un **text expositiu** pretén informar d'un tema d'una manera clara, ordenada i lògica. Exposició i explicació són termes que s'utilitzen indistintament per a referir-se a textos que tenen una **finalitat** o bé **informativa o bé didàctica**. L'exposició no pretén convèncer ningú de res, sinó donar la informació necessària per a fer comprendre un tema. Per tant, ha de ser **neutra** i **objectiva**.

Són textos expositius els manuals, els exàmens, els tractats, les definicions dels diccionaris, les cròniques, els reportatges periodístics, les presentacions d'actes, les conferències...

El text expositiu

CAS PRÀCTIC

Una Colla de Diables al barri

Al teu barri o municipi s'està plantejant la idea de crear i organitzar una Colla de Diables per a la propera Festa Major.

Necessiteu informació sobre aquesta tradició catalana. Així que t'han demanat que redactis un text expositiu on informis detalladament sobre la tradició dels Diables a Catalunya.

A continuació t'oferim un recordatori sobre l'estructura i els recursos propis dels textos de tipus expositiu perquè el puguis elaborar.

Com s'estructura un text expositiu?

Analitza l'estructura i les característiques d'aquest text expositiu extret d'una enciclopèdia que et servirà de mostra per a la teva creació:

Introducció o plantejament: Presentació del tema i definició del concepte central

La Mercè

Amb aquest nom es **coneix** la festa major de Barcelona. Aquesta festivitat **té** lloc el 24 de setembre i **commemora** la Mare de Déu de la Mercè, patrona de la ciutat.

Cos: Explicació i desenvolupament de les idees

La Mercè, patrona de Barcelona

Diu la llegenda que la nit del 24 de setembre de 1218, la Mare de Déu es **va aparèixer** simultàniament al rei Jaume I, a sant Pere Nolasc i a sant Ramon de Penyafort. A tots tres els **va demanar** que creessin un orde de monjos dedicats a salvar cristians empresonats pels sarraïns. **Eren** temps de guerra religiosa.

Segles més tard, el 1687, Barcelona **va patir** una plaga de llagosta i es **va posar** en mans de la Mare de Déu de la Mercè. Acabada la plaga, el Consell de la Ciutat la **va nomenar** patrona de Barcelona. El Papa, **però,** no **va ratificar** la decisió fins dos segles més tard, el 1868.

Els orígens de la Festa Major

Després que el Papa Pius IX declarés la Mare de Déu de la Mercè patrona de la ciutat, Barcelona **va començar** a celebrar festes al setembre. La Mercè **va prendre** volada l'any 1902, quan sota l'impuls de Francesc Cambó, **se celebrà** una Festa Major que es **convertí** en model de les que encara avui **tenen** lloc arreu de Catalunya. [...]

L'especialitat barcelonina

Les activitats més tradicionals de la Mercè **són**, en realitat, un compendi de la cultura popular de tot Catalunya. Hi **apareix** la sardana gironina, els castells i els diables del camp de Tarragona, les danses que encara avui es **mantenen** vives per tota la geografia catalana... La gran especialitat barcelonina **són** les cercaviles, emparentades amb les lluïdes processons que fa segles se **celebraven** amb motiu del Corpus. Es **tracta** dels espectacles de carrer més antics que es **conserven**. Hi **participen** els Gegants de la Ciutat i molts d'altres d'arreu de Catalunya, i altres símbols d'aquestes festes a Barcelona.

Conclusió, resum o cloenda

Per acabar, dir que la imatge actual de la Mare de Déu de la Mercè **és** una talla de fusta gòtica del s. XIV, probablement obra de Pere Moragues, amb un infant Jesús a la falda, d'un segle o dos després.

Fonts: www.enciclopedia.cat/EC-GEC-0042042.xml i http://lameva.barcelona.cat/merce/ca/historia [Text adaptat]

Verbs en passat i en present (cronologia temporal) en 3a persona

Connectors i ordre cronològic

Ús de títols i subtítols per aclarir conceptes i ordenar el discurs.

Quins recursos en són habituals?

Recursos lingüístics i formals

- To del text **objectiu**.
- Ús de **lèxic específic** en relació al tema.
- Predomini de les **oracions subordinades**.
- Ús de la modalitat **enunciativa**.
- Aportació de **dades informatives i objectives**.
- Ús d'**exemples** per a reforçar l'explicació.
- Ús de **fotografies o gràfics**.

Recursos per a estructurar les idees

Aquesta ordenació de les idees depèn del tema de què tracta el text. Tria la més adient:

— Estructura de **seqüència o enumeració:** descriuen l'evolució d'un fet al llarg del temps o també es presenta un llistat de diversos aspectes sobre un mateix tema (és el cas de l'exemple de la Mercè). Els connectors són: *inicialment, amb el temps, més endavant, finalment, d'una banda, a més, també, un altre…*

— Estructura de **causa-conseqüència:** s'exposen les causes d'un fet determinat i les conseqüències que se'n deriven. Els connectors són *perquè, ja que, a causa de, per tant, en conseqüència, doncs, de manera que…*

— Estructura **comparativa:** es comparen les semblances i diferències entre dues o més idees mitjançant l'anàlisi dels mateixos aspectes de cadascuna. Els connectors són: *a diferència de, al contrari, en canvi, altrament…*

— Estructura **problema-solució:** s'exposen un o més problemes i posteriorment s'ofereixen una o més solucions. Els connectors són: *per tal de resoldre, el principal problema, per fer front, una solució…*

Anem per feina! Informa sobre què són els Diables

Títol sobre el tema

Les colles de diables són... ← **Presenta el tema i defineix el concepte.**

Inicialment, aquesta tradició prové...

Actualment, les colles actuen... ← **Explica i desenvolupa aquestes idees.**

En definitiva, és una tradició... ← **Conclou tot resumint breument les idees exposades.**

Puntua bé!

Quan hagis d'escriure, tingues en compte l'ús del **punt**.

— El punt indica una pausa llarga en el text. Hi ha tres tipus de punt:

- **Punt i seguit:** separa oracions que expressen, en el mateix paràgraf, diversos aspectes d'una mateixa idea.
- **Punt i a part:** separa paràgrafs, cadascun dels quals expressa una idea.
- **Punt final:** indica l'acabament total d'un text.

— El punt també s'utilitza per a:

- Separar les hores dels minuts i els minuts dels segons: *8.30 h.*
- Escriure abreujadament les dates: *26.07.1977.*
- Escriure els nombres que expressen quantitats: *1.500 €.*
- Marcar l'acabament d'una abreviatura (mai d'un símbol ni d'una sigla): *pàg./p.*

15. El text següent és un text expositiu que tracta sobre la sardana, una altra de les tradicions catalanes més importants i representatives del nostre poble.

La sardana

Es tracta d'una dansa col·lectiva que ballen homes i dones agafats de les mans formant una rotllana, i puntejant amb els peus els compassos de la música interpretada per la cobla.

Per a ballar la sardana, un nombre indeterminat de dansaires formen una rotllana agafats de les mans i mirant al centre, ballant cap a dreta i esquerra.

El nom pot fer referència tant al ball com a la música.

La sardana és una dansa popular catalana considerada el ball nacional de Catalunya.

La formació que habitualment interpreta la música de la sardana és la cobla, que en general consta de dotze instruments tocats per onze músics.

La sardana és una dansa no excloent; qualsevol persona i en qualsevol moment del ball pot afegir-se individualment o en parella a la rotllana.

Quatre d'aquest instruments (tenora, tible, flabiol i tamborí) són típicament catalans.

— Ordena els paràgrafs per a què el missatge sigui clar i entenedor ja que s'han barrejat tots.

— Reescriu el text utilitzant els connectors necessaris per a enllaçar les diferents idees que s'expliquen en cada paràgraf.

16. @ En grups de quatre alumnes, prepareu un text expositiu sobre alguna tradició popular del vostre país o de qualsevol altre lloc del món que us sembli sorprenent.

— Utilitzeu la **destresa** *pluja d'idees* per posar-vos d'acord sobre els aspectes que voleu tractar.

PLUJA D'IDEES	Anotar el tema.
Relació d'idees	Anotar totes les idees (normals, genials, curioses...).
Millorem i/o eliminem idees	(repetides, que no agraden...)
Avaluem les idees	Seleccionem la que més ens agrada.

— Documenteu-vos bé sobre el tema.

— Ordeneu la informació i estructureu-la en apartats i subapartats, seguint l'estructura d'aquesta mena de textos (presentació, desenvolupament i conclusió). L'ús dels connectors us ajudarà a introduir cada una de les parts.

— Abans d'escriure el vostre text, elaboreu un esquema o guió amb tota la informació.

17. @ La tradició ens connecta amb el passat però el futur és imparable, i dia a dia es creen conceptes nous que s'incorporen al nostre vocabulari. Escriu un text expositiu que informi sobre alguna d'aquestes qüestions:

- La nanotecnologia
- La intel·ligència artificial
- Les impressores 3D

— Pots seguir l'estructura següent:

- Introducció o plantejament: breu introducció sobre aquesta tecnologia.
- Cos o desenvolupament: exposició de les seves característiques.
- Conclusió o cloenda: resum de les idees principals.

— Recorda't d'escriure cada idea en un paràgraf diferent i després revisa l'ortografia i la redacció.

18. @ El professor Enric Calpena fa una conferència titulada: *Per què els catalans celebren una derrota? 300 anys del 1714*. Escolta el fragment del minut 3:15 fins al 20 i respon les preguntes.

http://links.edebe.com/26933

— El presentador de l'acte, com inicia la conferència? Per què van triar l'Enric Calpena com a conferenciant?

— Analitza l'estructura d'aquest fragment de conferència:

- *Salutació i presentació:* Com es presenta el conferenciant?
- *Presentació del tema*. Quin és el tema de la conferència i com el presenta?
- *Cos de l'exposició*. Quines dades explica sobre el tema?

— Et sembla que explica la informació d'una manera clara i ordenada? Quin registre utilitza?

— Escriu alguns dels connectors que utilitza per introduir les diferents idees.

Coneguem la Viquipèdia

Activitats

Escoltem

19. Visualitza aquest reportatge emès per TV3 en el programa *30 minuts:* «Els Viquipedistes». Mira'l fins al minut 16 i després respon les preguntes.

http://links.edebe.com/ehe3p

— On et porta sistemàticament el cercador quan fas una consulta a Internet?

— Què és la Viquipèdia? A qui s'anomena «viquipedistes»?

— Qui té el poder de la informació avui dia?

— D'on extreu la informació que publica a la Viquipèdia l'Amador Álvarez? Crea nous coneixements? Quina és la part de l'article que realment fa ell?

— De quina manera pots col·laborar en la Viquipèdia?

— On rau la fiabilitat d'aquesta enciclopèdia?

— Amb quina finalitat algú pot modificar un article o una informació afegida?

— Qui escriu majoritàriament a la Viquipèdia? Què comporta això?

Parlem

20. Què sabies de la Viquipèdia abans de veure aquest reportatge?

— Què t'ha sorprès més? Creus que es fa un bon ús d'aquesta enciclopèdia?

— Quin ús en feies tu? Per què la consultaves i com?

21. La Viquipèdia és una enciclopèdia creada de manera altruista per tothom que hi vulgui participar i destinada a un públic molt ampli. Per contra, cal ressaltar que aquesta enciclopèdia no està acabada i, a més, el fet que es pugui modificar o treure la informació fa que sigui molt vulnerable.

— En grups de tres, feu un llistat amb tots aquells aspectes que creieu que són positius i negatius de la Viquipèdia: utilitats, funcionament...

Aspectes positius	Aspectes negatius
• És altruista.	• No està acabada.
•	• ....

— A continuació, formeu una **taula rodona** i compartiu les vostres opinions amb la resta de companys, respectant els torns de paraula.

> Una **taula rodona** és un debat públic d'un tema amb diversos participants, cap dels quals no presideix ni dirigeix, amb un moderador que condueix les intervencions.

— Què en penseu del fet que les enciclopèdies de paper hagin acabat gairebé desapareixent per l'arribada d'una enciclopèdia digital i pública?

Jocs per a parlar

Les pomes

Sobre la taula hi havia una cistella amb sis pomes i, a l'habitació, hi havia sis noies. Cada una d'elles va agafarne una, però, finalment, una poma va quedar dins la cistella. Com és possible?

Cre@ctivitat:

Ja heu vist què és la Viquipèdia i qui són els «viquipedistes». Ara us toca a vosaltres ser un d'ells i fer la vostra aportació a la Viquipèdia. Per què no completeu algun article que ja estigui escrit?

Per fer-ho seguiu les instruccions següents:

— Trieu un tema, per exemple el reportatge.

— Llegiu bé la informació que hi ha i penseu com la podeu ampliar. Consulteu altres fonts per a poder escriure una informació ben fiable.

— Utilitzeu un llenguatge formal. Vigileu la gramàtica, l'ortografia i el vocabulari.

— Per poder escriure us heu de donar d'alta com a usuaris.

— Per obtenir més informació, consulteu els enllaços següents:

- http://links.edebe.com/qfsk
- http://links.edebe.com/zijnh4

Elements d'estil: ús d'anàfores i eliminació de repeticions

Llegeix atentament el text següent, pertanyent a la lectura, i fixa't en el mot *castells* i en com s'anomena el mateix concepte sense repetir la mateixa paraula.

> Entre finals del segle XX i principis del XXI s'han assolit grans **castells, alguns** recuperats del segle XIX i **altres** completament nous, com **les primeres construccions** de deu pisos. L'expansió de les colles i la incorporació de nous segments socials fan que **aquestes construccions** visquin actualment el millor moment de la **seva** història.

Existeixen diversos mecanismes per enriquir un text escrit i evitar les repeticions: recursos gramaticals, com ara l'ús de les anàfores, i recursos lèxics, com l'eliminació de repeticions i la precisió.

L'anàfora

El terme **anàfora** prové del mot grec *ἀναφορά (anaphorá)*, que significa 'repetició'. L'anàfora és la represa o repetició d'una paraula o d'un element del discurs (anomenat antecedent), realitzada sovint mitjançant un pronom, un determinant, un sintagma o una elisió (anàfora el·líptica).

a) *S'han assolit grans* ***castells, alguns*** *recuperats...* → *alguns:* pronom anafòric.

b) *Com les primeres construccions* ***(de castells)*** *de 10 pisos.* → Elisió del mot *castells*.

En la literatura també s'utilitza aquest recurs, i consisteix en la repetició d'una o més paraules al començament de cada vers per donar èmfasi a una idea o a una imatge. Es pot representar amb l'esquema [**x** ...][**x**....].

> **Ai,** nit que vas passant silenciosa;
> **ai,** núvols blancs que pels estels passeu;
> **ai,** llum, que no ets enlloc misteriosa;
> **ai,** portal de Betlem, que ets a tot arreu!
>
> Joan Maragall

Des d'un punt de vista gramatical, l'anàfora és un recurs imprescindible per a la cohesió textual, ja que permet repetir un mateix concepte sense haver d'anomenar la mateixa paraula: això s'aconsegueix mitjançant l'ús de pronoms febles, de demostratius, dels pronoms relatius de les oracions relatives adjectives...

Eliminació de repeticions

El lèxic que es tria ha de ser l'apropiat per a la construcció correcta del text. La selecció de les **paraules** s'ha de fer amb **precisió** i **varietat,** i **eliminant repeticions innecessàries.** Per tal d'evitar la repetició lèxica cal utilitzar mecanismes com ara la **sinonímia,** l'**antonímia** o els termes d'un **mateix camp semàntic;** i, si cal, els **recursos retòrics** convenients per fer més ric el significat del text. Fixa't com en el text de l'exemple s'utilitza el mot *construccions* com a sinònim de *castells* per tal de no repetir la mateixa paraula de nou.

La cohesió textual

Per tal que un text sigui del tot entenedor és important que estigui correctament cohesionat. La **cohesió** fa referència a la unió de les parts que integren un text, i s'estableix entre oracions, paràgrafs, apartats... La llengua ens ofereix alguns recursos per aportar cohesió als textos, entre els quals un de fonamental, la repetició lèxica; però cal limitar-ne l'ús, per evitar que els textos esdevinguin reiteratius.

La catàfora és el cas contrari de l'anàfora. És a dir, primer escrivim la partícula i més endavant la referència de l'element:

S'ho emportà absolutament tot: els llibres d'història, els prototips d'avions de col·lecció, les màscares decoratives, etc.

Lèxic precís

L'ús d'un **lèxic precís** ajuda a aportar riquesa al text. En tots els contextos, però especialment en els formals, cal evitar l'ús de **paraules massa genèriques** que no concreten allò que volem dir: *fer, cosa...*

El pintor ha ***fet*** *un quadre cubista.*

↓

El pintor ha ***pintat*** *un quadre cubista.*

El context ens ajuda a saber quan hem d'utilitzar mots que ofereixen matisos diferents, tot i semblar sinònims totals.

22. Llegeix aquest fragment literari i indica quin és l'antecedent dels pronoms subratllats.

> Vaig desar els rosaris a la tauleta de nit per abocar-me a mirar el jardí de sota. El fill dels veïns, <u>que</u> feia el soldat, prenia la fresca. Vaig fer una boleta de paper, vaig tirar-<u>la</u>-<u>hi</u>, i em vaig amagar.
>
> Mercè Rodoreda, *La Plaça del Diamant*

— Quin efecte et causaria si en el text no s'hagués usat el recurs de la substitució pronominal?

23. Identifica quin tipus d'anàfora es fa servir per no repetir aquestes paraules: *un armari japonès de laca negra amb incrustacions de nacre i or*.

> [...] Tothom sabia, és a dir, el servei i uns quants amics, que el senyor Nicolau volia fer un obsequi a la senyora Teresa perquè quan celebraren el mig any de casats li havia regalat <u>un armari japonès de laca negra amb incrustacions de nacre i or</u>, preciós, però que no l'havia entusiasmada. Ell tingué una decepció: «Ja ho veig, no ho he ensopegat i costa un dineral; però, com que a mi m'agrada me'l quedaré i a tu et regalaré una cosa que et faci més il·lusió.» [...]
>
> Mercè Rodoreda, *Mirall trencat*

24. Digues quines anàfores hi ha en el fragment següent i com s'expressen.

> En Vicenç ajudà el senyor Nicolau a pujar al cotxe. «Sí, senyor, com vostè mani». Després pujà la senyora Teresa. Sempre ho feien així, primer ell, després ella, perquè a l'hora de baixar havien d'aguantar-lo entre tots dos. [...] El senyor Nicolau explicava a tothom que en Vicenç valia molt, que si no el tingués es vendria la berlina perquè no es fiaria de cap més cotxer. I com que el senyor Nicolau era generós, en Vicenç en treia molt de profit.
>
> Mercè Rodoreda, *Mirall trencat*

25. Subratlla l'opció més adient en cada context per tal d'aconseguir una major precisió lèxica.

- És *(precís/necessari)* demanar el DNI si es paga amb targeta. La solució d'aquest problema és molt *(precís/necessari)*.
- Respira *(fons/fondo)*. La clau està al *(fons/fondo)* del mar.
- Per demanar un llibre en préstec a la biblioteca has d'anar al *(taulell/tauler)* de l'entrada. Els reis m'han portat un *(taulell/tauler)* d'escacs.
- El gimnàs té un vestidor *(gran/gros)* per a canviar-se abans de sortir. L'elefant és més *(gran/gros)* que l'hipopòtam.
- *(Fica/posa)* el llibre al calaix quan acabis. *(Fica/posa)* la sopa a la taula.

26. Utilitza en cada cas el recurs que convingui per evitar la repetició dels mots destacats.

- Vam visitar **el Museu de la Xocolata** de Barcelona. .... vam recórrer durant tot un matí. Em va fer molta il·lusió conèixer .... . En acabat vam prendre uns pastissets de xocolata a la cafeteria i vam comprar uns bombons a la botiga del mateix .... .

- A totes les colles hi ha els **enxanetes** que coronen els castells. .... són molt petits i àgils. Diuen que .... que pugen han de ser molt valents. Per ser .... només cal que t'apuntis a una colla i allà t'ensenyaran què cal fer per actuar com .... .
- **El metge** es va apropar **al pacient** per veure què .... passava. De sobte, ... va començar a cridar i .... es va espantar molt. Van haver de subjectar .... amb força perquè volia marxar corrent sense que .... el visités.

27. En aquest text apareix massa vegades el verb *fer*. Torna'l a escriure substituint, sempre que puguis, aquest verb per uns altres verbs o perífrasis verbals que vulguin dir el mateix.

> Com que ja havia fet els deures, es va posar a fer el sopar. Més tard, va fer un pastís per convidar la família el cap de setmana. L'endemà feia un dia preciós, apte per fer qualsevol cosa a l'aire lliure abans que no pas tancar-se per fer classe. Li va costar decidir què faria a la tarda, perquè els companys no paraven de fer-li propostes i no sabia què fer.

La **locució adverbial** és un conjunt de paraules amb valor d'un adverbi.

A l'engròs, d'amagatotis, demà passat...

La **locució preposicional** és un conjunt de paraules amb valor d'una preposició.

A causa de, a favor de, prop de, enmig de...

La **locució conjuntiva** és un conjunt de paraules amb valor d'una conjunció.

O bé, no obstant això...

Les categories lèxiques

Fixa't en el títol de la lectura inicial de la unitat.

Castells:	Torres	humanes	Patrimoni	de	la	Humanitat
NOM	NOM	ADJECTIU	NOM	PREP.	DET.	NOM

Les categories lèxiques són les diferents classes de mots que s'utilitzen en la llengua. Es classifiquen segons la forma que presenten (morfologia), la funció sintàctica que acompleixen (sintaxi) i el significat que els caracteritza (semàntica).

Les paraules s'agrupen en diferents categories lèxiques o gramaticals, que repassarem a continuació:

Categoria	Definició		Exemples
Nom o **substantiu**	Designa entitats reals o imaginàries. La majoria dels noms són variables, perquè presenten una forma diferent segons el gènere i el nombre. Els noms propis, que designen una persona o cosa en concret, són invariables.		*casa, matalàs, Ebre, vaixella, extraterrestre, bondat, Mireia, París...*
Determinants	Precedeixen el nom i en precisen o especifiquen el significat. Són variables.	**Articles**	Definits *(el, la, els, les)*. Indefinits *(un, una, uns, unes)*. Personals *(en, na)*.
		Possessius	**Un posseïdor:** *meu, meva, meus, meves / teu, teva, teus, teves / seu, seva, seus, seves* **Més d'un posseïdor:** *nostre, nostra, nostres / vostre, vostra, vostres / seu, seva, seus, seves / llur, llurs* **Formes àtones:** mon, ma, mos, mes — 1a persona ton, ta, tos, tes — 2a persona son, sa, sos, ses — 3a persona
		Demostratius	**Proximitat:** *aquest, aquesta, aquests, aquestes* **Llunyania:** *aquell, aquella, aquells, aquelles*
		Interrogatius/ Exclamatius	*quin, quina, quins, quines*
Quantificadors	Acompanyen el nom i en delimiten, d'una manera més o menys precisa, la quantitat. N'hi ha que són variables i d'altres invariables.	**Quantitatius**	*tant, tanta, tants, tantes (de)* *quant, quanta, quants, quantes (de)* *poc, poca, pocs, poques (de)* *molt, molta, molts, moltes (de)* *bastant, bastants (de)* *gaire, gaires (de)* *més (de)* *menys (de)* *prou (de)* *força* *massa*
		Numerals	**Cardinals:** *un, dos, tres, quatre, cinc, deu...* **Ordinals:** *primer, segon, tercer, quart...* **Partitius:** *mitja, terç...* (fraccions d'unitat) **Múltiples:** *doble, triple, quàdruple...*

Categoria	Definició		Exemples
Quantificadors	Acompanyen el nom i en delimiten, d'una manera més o menys precisa, la quantitat. N'hi ha que són variables i d'altres, invariables.	**Indefinits**	*algun, alguna, alguns, algunes* *altre, altra, altres* *cada, cada un/cadascun, cada una/cadascuna* *mateix, mateixa, mateixos, mateixes* *tot, tota, tots, totes* *un, una, uns, unes* *cert, certa, certs, certes* *cap, qualsevol, qualssevol, tal, tals...*
Adjectius	Qualifiquen el nom, li atribueixen qualitats, característiques... Són variables i concorden amb el nom.		*difícil, blau, simpàtic, europeu, adequat...*
Verbs	Indiquen acció, procés o estat del subjecte. Són variables.		*saltar, córrer, dormir, estimar, odiar, parlar, estudiar, sortir, escriure...*
Pronoms	Tenen un significat ocasional perquè substitueixen paraules de caràcter substantiu, adjectiu o adverbial. Són variables.	**Personals forts**	*jo, mi, tu, ell, ella, vostè, si, nosaltres, vosaltres, vostès, ells, elles*
		Possessius	**Un posseïdor:** *meu, meva, meus, meves* / *teu, teva, teus, teves* / *seu, seva, seus, seves* **Més d'un posseïdor:** *nostre, nostra, nostres* / *vostre, vostra, vostres* / *seu, seva, seus, seves*
		Febles	*em, et, ho, el, la, els, les, en, li, ens, us, hi...*
		Demostratius	**Proximitat:** *aquest, aquesta, aquests, aquestes, això* **Llunyania:** *aquell, aquella, aquells, aquelles, allò*
		Quantitatius	**Variables:** *tant, tanta, tants, tantes (de)* / *poc, poca, pocs, poques (de)* / *molt, molta, molts, moltes (de)* / *bastant, bastants (de)* / *gaire, gaires (de)* **Invariables:** *més (de)* / *menys (de)* / *prou (de)* / *força* / *massa*
		Numerals	**Cardinals:** *un, dos, tres, quatre, cinc, deu...* **Ordinals:** *primer, segon, tercer, quart...* **Partitius:** *mitja, terç...* **Múltiples:** *doble, triple, quàdruple...*
		Indefinits	*algú, tot, tothom, ningú, res, cadascú, qualsevol...*
		Interrogatius/ Exclamatius	*quin, quina, quins, quines, qui, què, com, on, quan, quant*
		Relatius	*que, qui, què, on, el qual, la qual, els quals, les quals*
Adverbis	Expressen temps, lloc, manera, quantitat, afirmació, negació, dubte. Poden modificar un verb, un adjectiu o un altre adverbi. Són invariables.		*ahir, aviat, a dalt, lentament, massa, a poc a poc, força, també, tampoc, potser, millor...*
Interjeccions	Equivalen a una oració i estableixen l'actitud del parlant o bé una comunicació entre el parlant i l'oient. Són invariables.		*Oi?, Això rai!, Mare de Déu Senyor!, Buf!*
Preposicions	Uneixen i relacionen dues paraules o sintagmes. Subordinen un element a un altre. Són invariables.		*a, en, de, amb, per, per a, des de, damunt, fins, malgrat, mitjançant, sense, segons...*
Conjuncions	Uneixen i relacionen dues paraules o sintagmes de la mateixa categoria o dues oracions coordinades o subordinades. Són invariables.		*i, que, però, perquè, o, doncs, si...*

Les **contraccions** són la unió d'una preposició més un article: *al* = *a* + *el* / *pel* = *per* +*el* / des del = *des de* + *el*.

28. Llegeix aquest fragment i respon les preguntes.

Les dades més antigues d'aquestes torres humanes es remunten al segle XVIII: les torres formades per dues o tres persones eren la culminació del Ball de Valencians.

- Digues si les paraules subratllades són determinants o quantificadors, i especifica'n el tipus.
- Quina categoria lèxica és *al* i *del*?
- Per què *més* és un adverbi?
- Quins adjectius hi ha en el text anterior?

29. Indica si els elements subratllats són pronoms, determinants o quantificadors i assenyala'n el tipus.

- El meu rellotge és diferent del teu.
- Aquell senyor repartia aquests papers a tothom.
- Quina llibreta vols per a català? Vull aquesta.
- Tres gallines van entrar al corral i dues van sortir-ne.
- Ara plou tant a la muntanya que no hi va molta gent.

30. Completa les oracions següents amb la informació que es dóna entre parèntesis.

- .... (determinant demostratiu) pràctica va viure .... (determinant article) «boom».
- .... (determinant article) colles tenen .... (quantificador numeral) rondes per aixecar .... (determinant article, determinant possessiu) castells.
- .... (determinant article) percepció que .... (determinant article) societat catalana té de .... (determinant article) realitat castellera és .... (quantificador quantitatiu) positiva.
- Van acollir .... (determinant article) gran nombre de joves.

31. Dividiu la classe en equips de tres alumnes i apliqueu la **tècnica cooperativa** del *joc de les paraules*.

— El professor/a us repartirà un llistat de les deu categories lèxiques que acabeu d'estudiar (1. El nom. 2. El verb. 3. L'adjectiu...).

— A continuació, cada equip haurà de repassar i consensuar en què consisteix la categoria que li ha tocat, quins tipus hi ha i aportar alguns exemples.

— Finalment, posareu en comú entre els membres del grup les vostres conclusions i les exposareu a la classe.

32. Indica les categories lèxiques en aquesta oració.

Els principals valors dels castells són: treball en equip, esforç i esperit d'autosuperació.

33. Llegeix la lletra i escolta la cançó *El llimoner*, del grup català La Carrau, i respon les preguntes.

http://links.edebe.com/4jjr6

Assegut a l'habitació
és tarda de diumenge i a fora plou
perdent el temps sense res a fer.
Estic aquí esperant-te però mai passa res.
Les coses no canvien, ai! no sé per què.

En el meu cotxe conduint
potser massa de pressa potser massa lluny
canviar d'idea seria bo.
Però segueixo esperant-te i em sento tan sol.
Les coses no canvien, ai! no sé per què.

M'he preguntat mil cops per què
ahir em parlaves d'un cel blau i net.
Però avui jo només veig
llimones en un llimoner.

I giro el cap amunt i avall
cap a un costat i cap a l'altre el torno a girar.
Però avui jo només veig
llimones en un llimoner.

Hi ha un núvol fosc dins del meu cap
que em xucla l'energia, em té immobilitzat.
M'hagués dutxat i hagués sortit
però em sento tan cansat que m'he ficat al llit.
Les coses no canvien, ai! no sé per què.

Aïllar-me està vist que no em convé,
aïllar-me i quedar-me penjat del llimoner.
Vaig caminant pel desert
a on tard o d'hora he de trobar un oasi verd.
I llavors que siguis tu qui es preguntí el perquè.

M'he preguntat mil cops per què [...]

— Assenyala tots els verbs, les conjuncions i les preposicions que apareixen en aquesta cançó.

— Quina interjecció es repeteix en la lletra?

— Classifica els adverbis i les locucions adverbials que hi ha en: lloc, temps, manera.

— Classifica per tipus els pronoms presents a la cançó. Si d'algun tipus no n'hi ha, escriu-lo tu i inventa't una oració on es vegi clar el seu significat.

L'accentuació

Recorda que en català hi ha dos tipus d'accent:

- L'obert o greu: **à**, **è**, **ò**.
- El tancat o agut: **é**, **í**, **ó**, **ú**.

Mitjançant les activitats següents podràs repassar les normes d'accentuació que segueixen les paraules **polisíl·labes**.

La **síl·laba** és una emissió de veu en què el nucli és una vocal. Una paraula està formada per una síl·laba o més.

La **síl·laba tònica** és la que pronunciem amb més intensitat; les altres són les **síl·labes àtones**.

34. Subratlla la síl·laba tònica de les paraules següents i classifica-les en agudes, planes o esdrúixoles.

> injecció – arbre – colom – brúixola – plàtan
> matemàtiques – cafè – armari – infermeria
> història – universitat – clàssica

35. Accentua les paraules següents quan calgui. Totes són **agudes** i s'accentuen quan acaben *en vocal*, *en vocal + s* o en *–en*, *–in*. Recorda que les *e* i les *o* poden portar l'accent obert o tancat, segons la seva pronunciació.

- auricular
- reunio
- palau
- salmo
- babau
- marques
- sorpren
- Ramon
- exclos
- ordinador
- carrer
- avis
- aixo
- balco
- cabas

36. Les paraules que hi ha a continuació són **planes** i s'accentuen quan NO acaben en *vocal*, ni en *vocal + s* ni en *–en*, *–in*. Accentua-les quan calgui. Recorda que en les paraules que acaben en diftong, la *–i* o la *–u* no són vocals sinó semivocals.

- lexic
- camisa
- acaben
- reptil
- textil
- menjaveu
- planta
- xilofon
- ironia
- fotograf
- caminaveu
- resoldria
- germens
- paraules
- facil

37. Les paraules següents són **esdrúixoles**, i aquestes sempre s'accentuen. Escriu els accents on calguin.

- anima
- tunica
- perdua
- genere
- la formula
- polvora
- tombola
- esglesia
- la fabrica
- esdruixola
- Nuria
- periode

38. Els adverbis acabats amb *–ment* no segueixen les normes repassades fins al moment. Aquests adverbis, com ara *feliçment*, estan formats per l'adjectiu femení més el sufix *–ment*. Si l'adjectiu femení porta accent perquè les normes ho permeten, l'adverbi el manté. Seguint aquesta norma, accentua, si és necessari, els adverbis següents.

- comodament
- religiosament
- bonicament
- obertament
- espiritualment
- graficament
- estrepitosament
- audaçment
- facilment
- engrescadorament

39. Tenint en compte els exemples següents completa aquest esquema sobre la síl·laba.

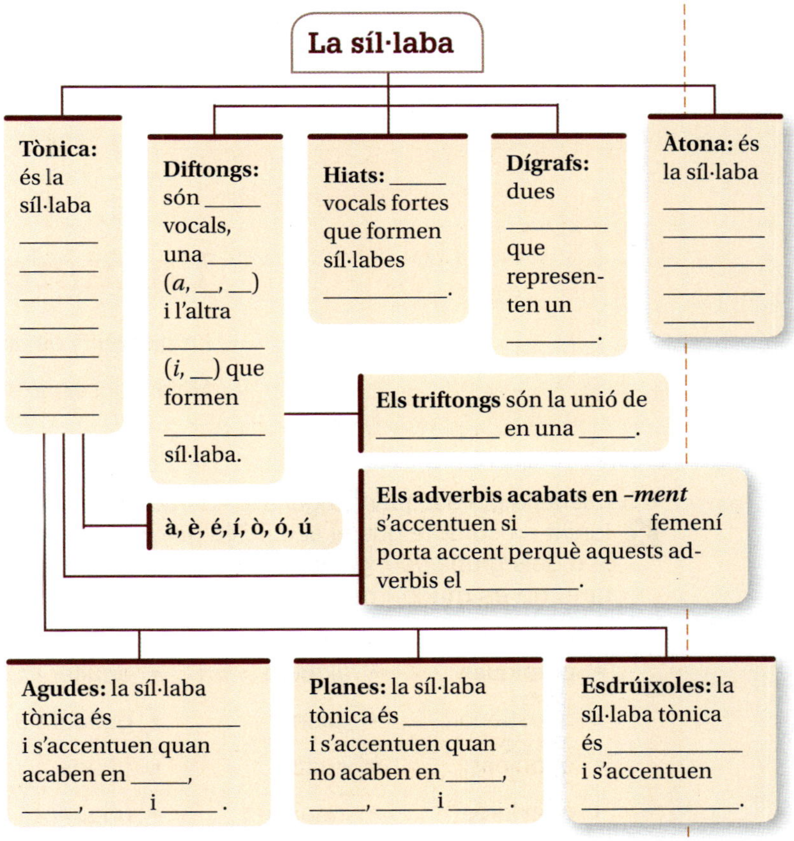

ORTOGRAFIA

L'accent diacrític

Fins ara hem treballat les normes d'accentuació de les paraules polisíl·labes. Però què passa amb els mots monosíl·labs? Resol els exercicis següents per saber-ho.

Activitats

40. Els mots monosíl·labs i alguns polisíl·labs que s'escriuen igual però que tenen diferents significats, utilitzen l'accent diacrític per diferenciar-se. Completa el quadre amb les definicions corresponents.

deu	....
Déu	Substantiu, divinitat
dona	Substantiu, femella humana
dóna	....
es	....
és	Verb *ser*
fora	....
fóra	Verb *fer*
ma	Determinant possessiu
mà	....

mon	Determinant possessiu
món	Substantiu, la Terra
se	Pronom feble
sé	....
son	Ganes de dormir
són	....
te	Substantiu, infusió
té	.....
venen	....
vénen	Verb *venir*

41. Col·loca l'accent diacrític sobre els mots que n'hagin de dur.

— Els carnissers del barri venen un be que està molt be.

— El desembre es el mes mes especial de l'any.

— La meva dona no dona la seva recepta de croquetes a ningú.

— La ma de ma germana es molt petita.

— No diguis que si si no saps que et demanaran.

— A vos no he de dir-vos res mes.

— El meu gat te un meu molt fort.

— El meu germà em deu deu euros.

42. Tenint en compte els casos que has vist fins ara, completa el quadre:

> L'accent .... s'utilitza per a diferenciar els mots .... i alguns .... que s'escriuen igual però que tenen diferent .... . Per exemple: .... adjectiu, polit; .... nom, fill del meu fill.

La dièresi

La dièresi (¨) és un signe gràfic que es col·loca exclusivament sobre la ***i*** o la ***u***.

Mitjançant els exercicis següents repassarem els seus usos i els posarem en pràctica.

Activitats

43. Escriu la dièresi quan calgui a les paraules següents tenint en compte que el seu ús és per a indicar que la **u** dels grups *güe, güi, qüe, qüi*, es pronuncia, per tant, no és muda i no és un dígraf *(que, qui, gue, gui)*.

- paraigues
- questionari
- quocient
- queviures
- aiguera
- guerrer
- quatre
- inquietud
- aquífer
- guitarrista
- guapa
- unguent

44. La ***i*** i la ***u*** porten dièresi quan no formen diftong amb la vocal anterior i, per tant, formen un hiat. Posa accent o dièresi a les paraules que ho necessitin.

ATENCIÓ

Quan les normes d'accentuació ens ho permeten, en comptes de posar dièresi sobre la *i* o la *u*, accentuem. Exemple Lluís – Lluïsa, país – països.

- fluidesa
- vei
- diurn
- Saul
- boina
- veina
- taut
- roi
- Raul
- xiita
- truita
- heroi
- ruina
- feina
- suis

45. Fixa't en aquestes paraules i completa l'oració següent.

- aquàrium
- coincidir
- antiinflamatori
- Màrius
- contrapunt
- egoisme
- reüll
- dentista
- reincidir

Els mots acabats en els sufixos *-isme*, ..., en les terminacions llatines *-us*, ..., i els mots compostos amb els prefixos *anti-*, ..., *co-*, ..., etc., seguits de *i*, *u*, ... porten dièresi excepte en alguns casos, com ara .... .

46. Quan el lexema d'un verb de la primera conjugació acaba en vocal i li segueix una *–i* sempre porta dièresi la *–ï* (exemple: tapiar → tapi+ï). Però si el verb és de la tercera conjugació no en porten mai els infinitius, ni els gerundis, ni els futurs, ni els condicionals. Col·loca la dièresi a les formes verbals que ho necessitin.

- esquiin
- esquiar
- esquiis
- esquiaria
- reduit
- reduir
- reduia
- reduiré
- lluir
- lluim
- lluint
- lluit

47. Completa la norma ortogràfica després d'haver vist tots aquests exemples.

No porten dièresi

- Les paraules en què la .... o la .... duen accent, segueixen les regles d'accentuació.
- Les formes verbals: ...., ..., ... i el condicional dels verbs de la 3a conjugació.

48. Col·loca els accents que faltin en el text següent.

La Leyla te la meva edat i va a la meva classe. Jo trobo que es la nena mes guapa de Berlin. No, de fet, penso que es la mes guapa d'Alemanya. O d'Europa. O del mon. Total, que n'estic una mica enamorat.

Es el primer cop que sento aquestes sensacions per una nena. Vaig voler-ne parlar amb la meva germana, pero ella es va dedicar a prendre'm el pel. [...] Aixo de perdre el cap per algu nomes ens passa als de la meva edat. [...]

De la motxilla de la Leyla, n'apareixien coses tan estrafolaries com elefants de porcellana, collarets de cristall de mil colors, girafes altissimes de fusta policromada, globus aerostatics de paper maixe o sirenes de plata.

Àngel Burgas. *Kamal i els alfabetistes*. Ed. edebé

49. Escriu una paraula amb cada un dels dígrafs: *rr, ss, l·l, tx, ix, tj, tg, sc, ll, ny, gu, qu, ig*.

— Separa en síl·labes les paraules que has escrit.

Dictat

50. Prepara aquest dictat i després respon les preguntes.

No espero ni demano que algú cregui en aquest estrany i, malgrat tot, simple relat que em disposo a escriure. Seria boig si ho esperés, quan els meus propis sentits rebutgen la seva mateixa evidència. Però no sóc boig si sé molt bé que tampoc no es tracta d'un somni. Demà he de morir i voldria, ara com ara, alleugerir la meva ànima. El meu propòsit consisteix a deixar ben clars, sumàriament, pelats i sense comentaris, un seguit d'episodis domèstics. Les conseqüències d'aquests episodis m'han aterrit, m'han torturat i, finalment, m'han destruït. Però no intentaré pas d'explicar-los. Si per a mi han resultat horribles, a d'altres persones els podrien semblar més barrocs que esfereïdors.

Edgar Allan Poe. *El gat negre i altres relats*. Ed. La Gaia Ciència

— Classifica les paraules polisíl·labes que porten accent en agudes, planes o esdrúixoles.

— Quins monosíl·labs s'accentuen? Quin és el significat que tenen en el text? Què voldrien dir si no el portessin?

— Busca les paraules que porten dièresi i digues per què en duen.

— Hi ha algun adverbi acabat amb el sufix *–ment*? Per què s'escriu amb accent?

Il·lustració de la novel·la *La botiga d'antiguitats*, de Charles Dickens. És un dels autors més llegits de tots els temps, amb obres com ara *Oliver Twist Cançó de Nadal, Temps difícils* i *David Copperfield*, entre moltes altres. A l'hora d'escriure Dickens recomanava naturalitat: «L'escriptor que és natural ha complert totes les regles de l'art».

Conte o novel·la

Els dos grans subgèneres de la narrativa són el **conte** i la **novel·la**, que es distingeixen sobretot per la seva extensió: els contes són relats breus (com a màxim, unes 75 pàgines) i sovint se'n publiquen reculls, mentre que les novel·les tenen una extensió considerable.

Actes i escenes

Tradicionalment, les parts d'una obra teatral són tres, anomenades actes, i cada acte es divideix en escenes (espais compresos entre l'entrada i la sortida de determinats personatges).

La literatura o l'art d'escriure

Quan es tracta d'escriure per plaer, ja sigui per llegir-se un mateix o perquè et llegeixin també els altres, l'escriptor compta amb un seguit d'eines i mitjans que li faciliten la tasca. Gràcies a ells els mons de ficció que creen captiven els lectors i els fan gaudir d'aquesta meravella que és la literatura.

Aquí farem una ullada a les principals modalitats literàries (o gèneres), als recursos literaris més habituals (anomenats també retòrics) i als tòpics literaris o grans temes de la vida que tracta la literatura.

Explicar, expressar, representar

Les finalitats bàsiques que persegueix un escriptor tenen molt a veure amb quins són els principals gèneres literaris; fixem-nos-hi:

Finalitat	Forma del text	Gènere literari
Explicar històries	Prosa	Narrativa
Expressar sentiments	Vers	Poesia
Representar conflictes	Diàleg	Teatre

Cal dir que la distinció entre gèneres sovint no és tan clara i podem trobar trets d'un gènere en un altre, com per exemple, els diàlegs en una novel·la. Hi ha altres formes de literatura com el periodisme, l'assaig o la història, però ara ens centrarem en caracteritzar els tres grans gèneres literaris.

— **Narrativa:** s'explica o narra una història que s'inicia amb una situació de calma alterada després per un conflicte que cal resoldre per restablir l'ordre inicial. Els fets són protagonitzats per uns **personatges** (principals o secundaris) en un **temps** i un **espai** determinats. Tot això ens ho explica una veu que s'anomena **narrador**, que pot ser extern (és fora de la història; si és omniscient ho sap tot, si és objectiu narra el que veu) o intern (es troba dins la història i hi participa). Com ja sabem, una narració està escrita generalment en prosa i s'estructura en paràgrafs, on poden haver-hi descripcions i diàlegs.

— **Poesia:** és el gènere més propens perquè l'autor expressi els seus sentiments i emocions. Els textos poètics o poemes s'estructuren habitualment en versos i estrofes, tot i que n'hi ha en prosa. Hi destaca el treball acurat del llenguatge, amb l'ús de la **mètrica** (versos amb un nombre determinat de síl·labes) i de la **rima** (repetició total o parcial de sons a final de vers després de la darrera síl·laba tònica), així com molts **recursos literaris** o retòrics (metàfores, al·literacions...). L'objectiu és aconseguir una gran intensitat expressiva i una musicalitat agradable.

— **Teatre:** són els textos literaris destinats a ser representats. Consten de text escènic, generalment **diàleg** (on s'assenyala en versaleta el nom del personatge que parla), i les **acotacions**, escrites normalment en cursiva, en què l'autor, anomenat dramaturg, explica com es mouen els personatges a l'escenari, etc. L'acció gira al voltant d'un **conflicte dramàtic** que se sol estructurar en plantejament, nus i desenllaç, igual que les narracions.

Embellint el llenguatge: els recursos retòrics

Els recursos literaris o retòrics són els artificis lingüístics usats en literatura per fer més expressiu i estètic el missatge. Mostrem només alguns d'ells tenint en compte que molts d'altres ja s'han treballat en cursos anteriors (anàfora, comparació, hipèrbaton, metàfora...).

— **Al·legoria:** consisteix en una successió de metàfores (amb un sentit directe i un altre de figurat) que juntes evoquen una idea complexa. Un exemple d'al·legories són els *eximplis* de Ramon Llull.

> Es conta que la Serp, a través d'Eva, que era tan sols una dona, va fer caure la ira de Déu damunt d'Adam i de tots els seus descendents. Així que, si la Serp va fer tant de mal amb Eva, bé podria ser que jo, amb el meu seny i el meu fingiment, pugui aconseguir despertar la ira del poble contra el seu rei.
>
> Ramon Llull, *Llibre de les bèsties*

— **Paronomàsia:** joc de paraules que posa en relació dos mots que tenen una semblança de forma o fonètica però significats diferents.

> **Balla** damunt la **palla.**
>
> J. V. Foix

— **Quiasme:** recurs caracteritzat per la disposició creuada de dos conceptes (dos d'una classe gramatical i dos d'una altra) de la manera següent: ABBA. Es pot produir en el mateix vers o en versos contigus.

> **quin pedestal** per l'estàtua!
> pel gegant, **quin mirador!**
>
> Jacint Verdaguer, «Don Jaume en Sant Jeroni», *Pàtria*

— **Sinestèsia:** figura retòrica consistent en l'associació d'elements que provenen de diferents dominis sensorials.

> [...] i ara és de **color d'olor de poma.**
>
> Gabriel Ferrater

Els tòpics literaris: temes que no moren

Són motius temàtics que es van repetint des dels inicis de la literatura. El seu ús queda determinat pels diversos corrents literaris o per l'ús freqüent per part d'alguns autors. Es designen amb un proverbi o una cita en llatí d'un clàssic famós (com ara Horaci). Vegem-ne els més característics.

— ***Descriptio puellae:*** consisteix en la descripció d'un prototip de dona que va posar de moda el poeta italià Petrarca al segle XIV.

— ***Homo viator:*** compara la vida amb un camí. L'home és un pelegrí que fa via per aquest camí, l'inici del qual és la naixença i la fi, la mort.

— ***Locus amoenus:*** descriu una natura equilibrada que suggereix tranquil·litat i pau. Els elements del paisatge descrit s'identifiquen plenament amb els sentiments del poeta.

— ***Tempus fugit:*** fa referència al pas inevitable del temps, al fet que tot s'acaba. Sovint sol aparèixer juntament amb el tòpic ***carpe diem*** (aprofita el moment), que exhorta a aprofitar la vida perquè passa molt de pressa.

— ***Ubi sunt:*** paraules llatines que signifiquen «On són?»; és un tòpic literari ja usat en la literatura clàssica romana que fa referència a la fugacitat de les glòries del món, dels elements terrenals.

Retrat de Laura de Noves, de qui va estar enamorat Petrarca. Per parlar d'ella, aquest poeta italià va emprar el tòpic *descriptio puellae*, que idealitza la bellesa d'una dona.

Tots els recursos retòrics

Recorda que els recursos retòrics (també anomenats figures retòriques) es classifiquen segons si posen l'èmfasi en la fonètica, en la sintaxi o en la semàntica.

Recursos fonètics

Al·literació, onomatopeia, paronomàsia.

Recursos sintàctics

Anàfora, antítesi, asíndeton, encavallament, enumeració, hipèrbaton, paral·lelisme, polisíndeton, quiasme.

Recursos semàntics

Al·legoria, comparació, hipèrbole, interrogació retòrica, metàfora, metonímia, paradoxa, personificació, pleonasme, sinestèsia.

Pots consultar-los en:

http://links.edebe.com/a65gn

http://links.edebe.com/8kxez9

51. Llegeix aquest textos literaris i explica, amb exemples del text, els trets que són propis de la narrativa, de la poesia i del teatre.

A l'Hostal Punta Marina, de Tossa, vaig conèixer un japonès desconcertant, que no s'assemblava en cap aspecte a la idea que jo tenia formada d'aquesta mena d'orientals.

A l'hora de sopar, va asseure's a la meva taula, després de demanar-me permís sense gaire cerimònia. Em va cridar l'atenció el fet que no tenia els ulls oblics ni la pell groguenca. Al contrari: en qüestió de color tirava a galtes rosades i a cabell rossenc.

Jo estava encuriosit per veure quins plats demanaria. Confesso que era una actitud pueril, esperant que encarregués plats poc corrents o combinacions exòtiques. El cas és que em va sorprendre fent-se servir amanida —«amb força ceba», digué—, cap i pota, molls a la brasa i ametlles torrades. Al final, cafè, una copa de conyac i una breva.

Pere Calders, *Invasió subtil* (fragment)

Avui en terres de França
i demà més lluny potser,
no em moriré d'enyorança
ans d'enyorança viuré.

En ma terra del Vallès
tres turons fan una serra,
quatre pins un bosc espès,
cinc quarteres massa terra.
"Com el Vallès no hi ha res".

Pere Quart, *Corrandes d'exili* (fragment)

(El vigilant, amb el rebombori, s'ha sobresaltat. S'aixeca i va a escoltar a la porta sense obrir-la. Més tranquil, torna a seure i a submergir-se en les seves postals. [...]*)*

FILOMENA: Què té?
PAULINA: Diu que ha vist un gat.
RITA: Quina mena de gat?
DOLORS: Era massa fosc.
RITA: Negre, vols dir?
DOLORS: Potser sí.
RITA: Mala astrugància.
SOFIA: I si era un gat, on s'ha fumut?
DOLORS: (A AURORA.) Anava cap a aquesta. Cap a tu.
AURORA: A mi? Ara que m'ho dius...Un gat molt negre i que ha fet un marrameu...
SOFIA: Només cal que et donin corda.

Josep M. Benet i Jornet, *Revolta de bruixes* (fragment)

52. Identifica en aquest poema els següents recursos retòrics: asíndeton, comparació, metàfora, hipèrbole, personificació. Explica cada cas.

L'hipopòtam

El meu caparràs espanta
amb més morro que no front,
i tinc una pell tan dura,
que és la més dura del món!
Nedo com una sirena,
menjo herbeta al regadiu
i sé durar sota l'aigua:
sóc un elefant de riu.
[...]
He vist micos, he vist lloros.
Trobo que no valen res:
gent lleugera, estrafolària...
Sóc un animal de pes.

Josep Carner, *Bestiari*

53. Digues quin tòpic literari s'expressa en aquest fragment.

Tot aquell dia anà Blanquerna pel bosc, després que va partir d'Evast i Aloma. A la nit arribà a un bell prat on hi havia una bella font, sobre de la qual hi havia un bell arbre. En aquell lloc reposà i dormí Blanquerna aquella nit.

Ramon Llull, *Llibre d'Evast i Blanquerna* [Text adaptat]

54. Descriu una situació quotidiana o familiar on expressis un dels tòpics literaris que has après.

55. Què t'inspira aquest grafit? Expressa-ho a partir de la redacció d'una narració, d'un poema o d'una representació teatral.

Les figures retòriques més enllà de la poesia

Les figures retòriques no són recursos literaris del temps de les àvies sinó que es continuen utilitzant avui per embellir el llenguatge. Les cançons en són un bon exemple.

Trobem figures retòriques en una cançó

A partir d'una cançó actual veuràs com l'ús de les figures retòriques segueix ben present. Comprovem-ho!

1. *Escoltem la cançó*

Per començar, tancarem els ulls i escoltarem la cançó *Batega* de Txarango que hem seleccionat.

http://links.edebe.com/75n47u

— Heu identificat el tema de la cançó només escoltant-la?

— Quines sensacions us ha despertat la cançó, quin estat d'ànim hi associeu?

2. *Llegim la cançó*

Ara, llegiu la lletra de la cançó amb més deteniment. Llegeix les estrofes que reproduïm a continuació o entra en l'enllaç següent:

http://links.edebe.com/gbtz3

Batega el mar amb cada ona que ve i va.
La ressaca esborra el camí aventurer de cada ona que ja no hi és.
Batega el cel amb tempesta permanent, ja ho veus.
I trontollen les estrelles tenen por de capbussar-se en la foscor.

Batega el circ en cada somriure petit.
S'encén la màgia i crema el desig, s'estén el somni a l'infinit.
Batega el cor quan s'emplena d'il·lusió i no dorm.
Avui és demà i l'ahir sempre se'n va però encara sento la teva mà.

Recordo quan, mirant estrelles al port, pensàvem que podia ser
que algú a l'altre costat del món les estigués mirant també.
Com un mirall i el seu reflex...

Imagina que gira el món sencer
i a la ciutat dels adormits la son fuig per sempre, ve i va,
una veu rebel que la guitarra farem lliure per sempre,
roba estesa i arrels,
una cançó ressona a Barcelona encara i per sempre, ve i va.

Batega, Txarango. De l'àlbum ***Som Riu*** (fragment)

— Les paraules d'aquesta cançó s'han utilitzat en un sentit literal? Per què?

— Aquest ús figurat que s'ha fet de les paraules, et produeix una sensació agradable o no? Justifica la teva resposta.

— Ara, identifica-hi algunes de les figures retòriques que ja coneixes.

Ja has vist que l'ús de les figures retòriques no només són presents en la literatura. Segur que en les cançons que escoltes normalment i tant t'agraden també hi apareixen. Fes la prova!

SÍNTESI

El text expositiu

El text expositiu té com a finalitat donar **informació** sobre un tema, una idea o un fet determinat de manera **clara, precisa, objectiva** i **ordenada**.

Ús d'anàfores i eliminació de repeticions. Lèxic precís

L'**anàfora** és la represa o repetició d'una paraula o d'un element del discurs mitjançant un pronom, un determinant, un sintagma o una elisió. Quan s'ha d'escriure un text, la selecció de paraules s'ha de fer amb precisió, varietat i eliminació de repeticions innecessàries.

Les categories lèxiques

Les categories lèxiques, o gramaticals, són les diferents classes de mots que s'utilitzen en la llengua i es classifiquen a partir de la **forma** que presenten, de la **funció sintàctica** que acompleixen i del **significat** que els caracteritza. Hi ha deu categories gramaticals: **verb, nom, determinant, quantificador, adjectiu, pronom, adverbi, preposició, conjunció** i **interjecció**.

L'accentuació. L'accent diacrític. La dièresi

En català hi ha dos tipus d'**accent gràfic: obert** (`) i **tancat** (´).

Accentuació de les **paraules polisíl·labes:**

- S'accentuen les paraules **agudes** acabades en vocal, vocal + *s, -en, -in*.
- S'accentuen les paraules **planes** quan no acaben en vocal, vocal + *s, -en, -in*.
- Les paraules **esdrúixoles** s'accentuen sempre.

Les paraules monosíl·labes i alguns polisíl·labs utilitzen l'**accent diacrític** per a diferenciar-se.

La **dièresi** és un signe gràfic (¨) que es col·loca només sobre la *i* o la *u* per trencar diftong, quan no escau l'accent gràfic, o per indicar la pronunciació de la *u* dels grups *güe, güi, qüe, qüi*.

Els gèneres literaris. Recursos retòrics. Tòpics literaris

Els principals **gèneres literaris** són: la **narrativa**, la **poesia** i el **teatre**.

Els recursos retòrics són els artificis lingüístics usats en literatura per fer més expressiu i estètic el missatge. Alguns d'ells són, per exemple: **al·legoria, sinestèsia, quiasme, paronomàsia.**

Els **tòpics literaris** són temes que es van repetint des dels inicis de la literatura. Són els següents: *descriptio puellae, homo viator, locus amoenus, tempus fugit, carpe diem, ubi sunt*.

Activitats finals

El text expositiu

1. Completa i amplia el **mapa mental** següent sobre el text expositiu.

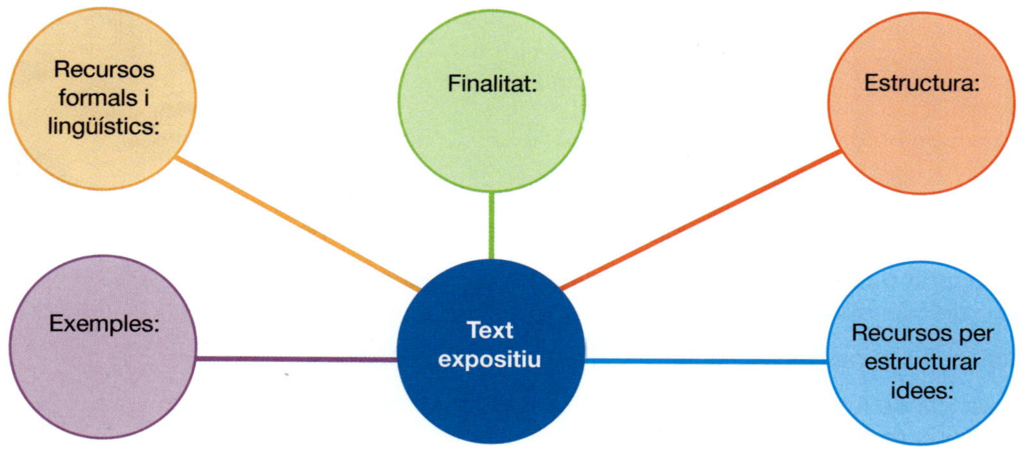

Ús d'anàfores i eliminació de repeticions. Lèxic precís

2. Reescriu el text eliminant les repeticions innecessàries. Utilitza les anàfores que calguin i un lèxic precís.

L'Home dels Nassos és un home mític, imaginari, no real que es fa creure a la mainada que apareix l'últim dia de l'any. Es diu a la mainada que aquest dia surt «un home que té tants nassos com dies té l'any». La mainada pensa que veuran un home terrible amb 365 nassos. Aquesta tradició oral s'ha convertit, en alguns llocs, en un capgròs; aquell dia el capgròs és passejat en cercavila per diferents llocs de la població repartint nassos a la mainada que troben el capgròs. El capgròs també participa de totes les coses festives i esportives de la jornada. Aquest capgròs simbolitza l'any i és una evolució d'un déu perdut, vinculat al déu romà Janus, que era representat amb dues cares —una cara amb aspecte infantil i l'altra cara, d'ancià; una cara mirant endavant i l'altra cara, enrere— i amb dues claus, la clau del Cel i la clau de l'Infern.

Les categories lèxiques

3. Llegeix el fragment que hi ha a continuació i després respon les preguntes.

— Apa, noies, deixeu les escombres i els draps de la pols i ajudeu els segadors. I tu Camil·la, filla meva, dóna exemple als altres.

La pressa de la mestressa va encomanar-se als jornalers i la recança que havien sentit en un primer moment va donar pas als alegres cants de la sega de cada any.

— Subratlla tots els verbs que apareguin en aquest text.

— Completa el quadre amb la categoria lèxica de les paraules d'aquest fragment. Fixa't en els exemples.

determinants	tipus	noms	adjectius	quantificadors	tipus
les	*article*	*escombres*			

pronoms	tipus	preposicions	conjuncions	interjeccions

— Hi ha alguna contracció? Quina categoria lèxica no apareix en el text?

L'accentuació. L'accent diacrític. La dièresi

4. Escriu tots els accents i les dièresis que falten en aquest text.

La meva veina, la Lluisa, esta casada amb el Raul. Van arribar al veinat per Pasqua i atribuien tots els seus mals a uns delinquents del seu antic barri. Aquests havien robat en moltes cases i l'ultima va ser la seva.

Una nit, mentre la Lluisa i el seu marit dormien placidament, entraren a casa seva dos lladregots. La Lluisa, com que tenia l'oida molt fina, senti un soroll i s'aixeca rapidament espantada. Agafa un basto que tenia sota el finestro i baixa les escales sense fer soroll. Assegut al sofa va veure el primer lladre que amb una ma remenava el seu joier i amb l'altra s'anava menjant les cloisses d'un bol que havia trobat al frigorific. L'altre l'estava esperant assegut al jardi i parlava per telefon amb accent angles. La Lluisa primer va avisar corrents a la policia i el seguent pas va ser estabornir l'home del sofa amb el seu basto.

Abans que l'home del jardi se n'adones la policia ja estava alla i el van detenir. L'altre lladre es va despertar a l'hospital amb mal de cap. La Lluisa va ser l'heroina del barri pero la seva vida tranquil·la es va acabar perque tothom li trucava a la porta per entrevistar-la. Es per aquest motiu, que es van haver de canviar de casa i ara es la meva veina.

— Explica per què porten o no accent les paraules següents: *jardí, accent, policia, plàcidament, bastó.*

Posa a prova les teves competències

El reportatge fotogràfic

Montserrat és un massís muntanyós de Catalunya força prominent que ha destacat en la tradició catalana, entre altres motius, per una geologia i una topografia pròpies amb unes formes molt característiques. L'entorn natural de Montserrat, a cavall de les comarques del Bages, l'Anoia i el Baix Llobregat, és molt valorat. Enmig d'aquestes muntanyes s'aixeca el monestir de Montserrat, una abadia benedictina consagrada a la Verge de Montserrat, una marededéu trobada.

1. El **reportatge fotogràfic** pretén explicar una realitat a través de les imatges. Aquests reportatges alternen el text amb imatges, però a vegades les fotografies van introduïdes per un petit text orientatiu i el que realment ens aporta la informació essencial és la seqüència d'imatges.

   — Assenyala quines característiques de les que s'esmenten a continuació són comunes en el reportatge escrit i el reportatge fotogràfic.

   ☐ Té un títol.

   ☐ Les fotografies són les que aporten la informació essencial.

   ☐ Hi ha una introducció.

   ☐ La seva finalitat és informativa.

   ☐ El bon ús dels connectors i els recursos lingüístics són importants per estructurar correctament el text.

   ☐ Les il·lustracions o fotografies ajuden a entendre millor el text.

2. Els peus de foto de les imatges d'aquest reportatge han caigut. Relaciona els números de les imatges amb el text corresponent.

   - Massís muntanyós: Montserrat
   - L'aeri
   - La cova
   - El monestir
   - El cremallera
   - L'església
   - Menjars típics, com la mel i el mató
   - La Mare de Déu de Montserrat, la Moreneta
   - Sant Jeroni

3. Identifica a quina fotografia fa referència cadascun d'aquests textos.

   - Lloc on es va trobar la imatge de la Mare de Déu de Montserrat, l'any 880. .... .
   - Funicular aeri que comunica l'estació de l'Aeri de Montserrat de la línia Barcelona-Manresa dels FGC i l'Eix del Llobregat amb el monestir. .... .

- Ferrocarril que uneix Monistrol de Montserrat amb el monestir mitjançant la tècnica de cremallera. ..... .
- Constitueix un dels plats emblemàtics de la cuina catalana o símbols de Catalunya i són una de les postres més populars d'aquest país. ..... .
- És la patrona de Catalunya i una de les set patrones de les comunitats autònomes d'Espanya. ..... .

4. De quines maneres podem arribar a Montserrat?

5. Quin missatge ens vol transmetre aquest reportatge?

6. A qui creus que va adreçat principalment el reportatge?

   a. Als alumnes de les escoles   b. A les famílies

   c. Als turistes   d. A empresaris

7. A partir d'aquest reportatge i de tot allò que tu coneguis sobre Montserrat, redacta un text expositiu que informi sobre com arribar-hi, què visitar, on menjar, etc.

8. Reescriu el text substituint les paraules que calgui per evitar repeticions i millorar-ne la precisió lèxica.

Vaig visitar Montserrat amb molt d'interès perquè m'interessen moltes coses sobre aquest lloc, perquè havia llegit coses sobre Montserrat en poemes, novel·les i en molts altres llocs. En arribar al monestir de Montserrat em van dir, entre altres coses, que hi havia un altre monestir molt a prop, a la mateixa muntanya de Montserrat, el monestir de sant Benet.

9. Indica les categories lèxiques de les paraules que formen l'oració següent.

   - Montserrat és un massís muntanyós de Catalunya força prominent, que ha destacat en la tradició catalana.

10. Justifica l'accentuació en aquestes paraules subratllades que apareixen en el reportatge.

   - Montserrat és un massís muntanyós.
   - Una geologia i una topografia pròpies.
   - Han estat valorades estèticament.
   - Mare de Déu de Montserrat.

11. Llegeix aquests versos de Jacint Verdaguer i assenyala quins recursos retòrics hi trobes. Justifica la teva resposta.

Virolai, Himne a la Mare de Déu de Montserrat

Rosa d'abril, Morena de la serra,
de Montserrat estel:
il·lumineu la catalana terra,
guieu-nos cap al Cel.

Amb serra d'or els angelets serraren
eixos turons per fer-vos un palau.
Reina del Cel que els Serafins baixaren,
deu-nos abric dins vostre mantell blau.

Alba naixent d'estrelles coronada,
Ciutat de Déu que somnià David,
a vostres peus la lluna s'és posada,
el sol sos raigs vos dóna per vestit.

Dels catalans sempre sereu Princesa,
dels espanyols Estrella d'Orient,
sigueu pels bons pilar de fortalesa,
pels pecadors el port de salvament.

Doneu consol a qui la pàtria enyora
sens veure mai els cims de Montserrat;
en terra i mar oïu a qui us implora,
torneu a Déu els cors que l'han deixat.
[...]

Ditxosos ulls, Maria, els que us vegen!
ditxós el cor que s'obri a vostra llum!
Roser del Cel, que els serafins voltegen,
a ma oració doneu vostre perfum.

Cedre gentil, del Líbano corona,
Arbre d'encens, Palmera de Sion,
el fruit sagrat que vostre amor ens dóna
és Jesucrist, el Redemptor del món.

Amb vostre nom comença nostra història
i és Montserrat el nostre Sinaí:
sien per tots l'escala de la glòria
eixos penyals coberts de romaní.
[...]

Reflexiona

Diari d'aprenentatge

— Què és el que t'ha resultat més difícil a l'hora de redactar un text expositiu? Per què?

— Et costa identificar les diferents categories lèxiques que formen una oració? És necessari conèixer-les per poder redactar millor un escrit?

— És convenient ser precís a l'hora d'escriure perquè hi hagi una bona comunicació?

2 Unitat

» CONTINGUTS

LECTURA I COMPRENSIÓ

Sense tu estic molt millor

EXPRESSIÓ

El text argumentatiu
El debat electoral

LÈXIC I SEMÀNTICA

El significat variable de les paraules: metàfora, metonímia, mots tabú i eufemismes

GRAMÀTICA

L'oració i els seus constituents. Predicat nominal (l'atribut) i predicat verbal. Modalitats oracionals

ORTOGRAFIA

La vocal neutra

LITERATURA

La literatura del segle XVIII: prosa, poesia i teatre

Rutina de pensament

VEIG–PENSO–EM PREGUNTO

— Algunes imatges valen més que mil paraules. Observa atentament aquesta fotografia i respon:

- Què hi veus? Què en penses? Quina pregunta et ve al cap?

— Compartiu amb la resta de companys les vostres respostes.

- Heu vist i pensat tots el mateix? Consideres molt diferents altres propostes?
- Després de tot el que heu parlat, les teves respostes serien les mateixes?

Miriam Diez Bosch

L'autora d'aquest article és col·laboradora habitual del diari *El Punt/Avui* i d'altres mitjans de comunicació.

Periodista, doctora en Ciències Socials i llicenciada en Estudis Eclesiàstics, dirigeix l'Observatori Blanquerna de Comunicació, Religió i Cultura a la Universitat Ramon Llull (URL). Exerceix com a professora a la Facultat de Comunicació Blanquerna de la URL, a Barcelona, i a la Pontifícia Universitat Gregoriana de Roma.

Està especialitzada en comunicació i noves tecnologies.

Abans de llegir

Els articles d'opinió de l'autora es caracteritzen per tractar temes actuals relacionats amb les noves tecnologies i la comunicació, amb una visió global i entenedora del nostre temps.

El fragment que llegireu tot seguit planteja algunes qüestions sobre l'ús de les noves tecnologies i la dependència que tenen moltes persones respecte de les eines de comunicació, més concretament en aquest cas del telèfon mòbil.

— Quina opinió en teniu? Creieu que avui dia les tecnologies dominen excessivament les nostres vides?

Sense tu estic molt millor

No ha estat forçat ni buscat, però he viscut cinc dies –i les consegüents cinc nits– sense telèfon mòbil. No us penseu que això hagi generat una angoixa inaguantable. Ni que de cop i volta hagi llegit tots els clàssics russos de cop, ni us hagi escrit cartes amb tinta xinesa, ni hagi mirat més insistentment els ulls de la gent al metro. Res de tot això. Ha estat un moment lent, plàcid. Una estona allargassada de pau **inusitada**. Un estat d'excepció en la vida d'un periodista que, però, ha resultat ser una fabulosa connexió amb la realitat. He viscut un moment extraordinari pel sol fet d'haver extraviat el mòbil, que no vol dir perdut, sinó que s'havia dispersat del meu trajecte i ha tornat, com un **bumerang** entre desitjat i repudiat. Després de la desesperació i taquicàrdia inicial arriba la fase de l'acceptació. No tinc mòbil, però disposo d'altres capacitats a la vida. També en l'àmbit professional. Puc omplir el meu lleure de manera diferent. Per aprofitar les hores de transport públic, res m'impedeix d'agafar llibres nous, impol·luts, que m'estaven esperant i que la digitalització **omnipresent** no deixava arribar a les meves mans. M'he perdut –això sí– les **entranyables** fotos de tots vosaltres votant en el moment de la veritat, però les rebo ara, i tenen ja un aire retro, antic. I vídeos de presidents, i de gatets i altres animalades.

Connectar o desconnectar? Quan recuperes el telèfon després de dies sense ell, no saps què fer. L'ànsia et fa obrir-lo, però la teva pulsió interna et diu que hauries de viure la ficció que encara l'has perdut. I seguir connectat amb allò important, que no

Vocabulari

inusitada: no freqüent, sorprenent.

bumerang: bastó usat pels indígenes australians per caçar i lluitar, consistent en una mena de pala allargada, estreta i corba, que en llançar-la pot tornar al punt de partida.

omnipresent: present a tot arreu al mateix temps.

entranyable: es diu d'un sentiment o afecte molt íntim.

avesar: acostumar.

sempre passa pel mòbil. I la feina? I els compromisos? I la comunicació familiar? Hem **avesat** els nostres contactes a respostes immediates, robòtiques, i, sobretot, breus. Quan vas per la vida sense mòbil, tot es tenyeix d'una lenta pàtina. No podràs fer aquella trucada fins que arribis a un despatx o a casa (sapigueu que les cabines telefòniques ja no puntegen el nostre espai quotidià). Sempre ens quedaran els locutoris, però no cal tenir pressa. Hi ha moltes possibilitats al món *off line* de les quals hem **abdicat**.

La nomoFòBia, derivada del «no mòbil», és un autèntic estat d'angoixa que es manifesta quan no es pot fer servir el telèfon mòbil. A Itàlia, el cèlebre diccionari Zingarelli ja ha introduït el concepte, i són molts els italians que sense ***telefonino*** no poden ni llevar-se (als carrers no hi ha cabines, i a les cases, desapareixen els despertadors). Fins ara l'ànsia era no tenir connexió, i ara s'hi barreja el terror de ser controlats i espiats.

Vivim en un món de tirans. Els *smartphones* són uns tirans. Dominen i són prínceps absoluts de les nostres existències. Exerceixen una autoritat a vegades fins i tot opressiva. No hem nascut –encara– amb xips incorporats. Som nosaltres que decidim que ens acompanyin. Sense ser **taxatius** (o telèfon o la resta), hem de ser conscients que gaudim de condicions per dilucidar. Discernim que, davant de la possibilitat d'agafar **desvagadament** el telèfon per controlar whatsapps o agafar amb vehemència aquell llibre que et nodrirà i potser fins i tot contribuirà a millorar la teva **eloqüència** i escriptura, triarem potser el llibre. Ja hi haurà temps per al tirà digital, que s'escolarà amb tu als indrets més remots i íntims, als més oberts i públics. La saba dels nostres dies es tecnifica. Dominem doncs els nostres temps, decidim treves i oferim també literatura a l'altar de la nova tecnologia. Ni que sigui per tutelar-nos i evitar que no ens **fagociti**.

Miriam Diez, *El Punt/Avui*, 5 octubre 2015

@ **www.elpuntavui.cat**

A més de la seva tasca de professora i articulista, la periodista Miriam Diez Bosch és una de les persones que promouen una pàgina web l'objectiu de la qual és arribar a la gent d'avui a través de les noves tecnologies, per transmetre el missatge cristià:

www.aleteia.org

El nom d'aquesta web, Aleteia, és d'origen grec i significa «veritat». Va ser creada l'any 2011 com a resposta al desafiament llançat pel papa Benet XVI d'anunciar l'Evangeli a través dels nous mitjans. Amb seu a Roma, inclou informació en sis llengües i tracta temes diversos relacionats amb la societat actual, des de l'òptica catòlica.

Vocabulari

abdicar: renunciar (a alguna cosa que hom posseeix).

telefonino: nom italià del telèfon.

taxatiu: es diu d'allò que no admet discussió, que fixa els límits dels quals no pot sortir-se.

desvagadament: de manera ociosa, desenfeinada.

eloqüència: talent per parlar o escriure amb facilitat, de manera que agrada, commou o convenç.

fagocitar: menjar, engolir.

Et recomanem

No et perdis aquesta novel·la on Jesper i els seus amics desafien els alemanys quan Hitler ocupa Dinamarca. El protagonista col·labora en un diari clandestí per mostrar la seva opinió i mica en mica es va implicant més en la lluita contra el nazisme.

Jesper

Carol Matas
Ed. edebé, col. Periscopi

Després de llegir

Obtenció d'informació

1. Respon les preguntes següents sobre la lectura:

— On i quan surt publicat aquest article d'opinió?

— Quant de temps viu l'autora sense telèfon mòbil?

— Per a què li ha servit el fet de no tenir mòbil? Com ha omplert els moments de lleure? Com qualifica aquesta situació?

— Quines han estat les seves sensacions i els estats anímics en el moment de la pèrdua, durant i un cop recuperat el telèfon?

— Com pots fer una trucada si no tens el telèfon?

— Què és la «nomoFòBia»?

— Què pensa l'autora que triaríem entre contestar els whatsapps o llegir un llibre?

— Quins avantatges té llegir un llibre?

— Què no hem de deixar de banda a part de les noves tecnologies?

2. En cada paràgraf del text que has llegit hi ha una idea principal diferent. Escriu cada una d'aquestes idees en només una oració. Després, uneix-les utilitzant els connectors més adients per fer el resum de l'article.

Interpretació

3. Fixa't en el llenguatge en què està escrit l'article i digues quines persones del verb hi apareixen. Amb quina intenció ho fa l'autora?

4. Relaciona cadascuna de les paraules de la columna esquerra, que surten en l'últim paràgraf del text, amb la definició corresponent de la dreta.

1. Opressiva	a. Distingir amb els sentits i especialment amb el pensament.
2. Escolar-se	b. Explicar, fer clar (un assumpte, una qüestió, etc.).
3. Discernir	c. Que exerceix pressió sobre alguna cosa.
4. Dilucidar	d. Força impetuosa, ardor violent.
5. Vehemència	e. Una cosa, una persona o un animal, passar a través d'un lloc estret o vencent algun obstacle.

5. Els anglicismes són paraules manllevades de l'anglès, n'hi ha alguns que ja formen part de la nostra llengua i s'han adaptat al català, però n'hi ha d'altres que no ho han fet i per això els escrivim en cursiva. En aquest text n'hi ha uns quants. Busca'n alguns i explica per què creus que s'han introduït en la nostra llengua.

6. Per què l'autora ha triat aquest títol per a l'article? Creus que és escaient? Quines característiques consideres que ha de tenir un títol? Proposa'n algun altre.

7. Quin recurs literari utilitza l'escriptora quan diu que «els smartphones són uns tirans»? Defineix-lo.

8. En aquest article d'opinió, el lèxic que s'utilitza és col·loquial, estàndard, literari o especialitzat? Amb quina intenció ho fa l'autora?

9. A què es refereix l'autora del text quan diu: «Hi ha moltes possibilitats al món *off line* de les quals hem abdicat»? Podries posar algun exemple?

Reflexió

10. Els telèfons mòbils cada vegada són més complets i sofisticats, han deixat de ser un simple telèfon per trucar per passar a ser un *smartphone* (telèfon intel·ligent), orientat a facilitar-nos la vida. Els problemes comencen el dia que perdem el mòbil, quan s'espatlla o ens el roben.

— Fes una llista amb tots els usos que tu li dónes, com per exemple: emmagatzemar els telèfons de tothom, despertar-te...

— Marca els usos que realment són importants i que et podrien causar un daltabaix si te'n quedessis sense.

— Escriu una alternativa al costat de cadascun d'aquestes usos o aplicacions marcades. Per exemple:

Aplicacions	Solucions o alternatives
• Telèfons de contactes	• Tenir una còpia en paper de l'agenda.
• Alarma per despertar-me	• Tenir un rellotge despertador.

— Llegeix en veu alta la teva llista d'aplicacions i de les solucions que has pensat. Si te'n falta alguna, entre tots la podeu trobar.

11. Hi ha una moment del text en què l'autora diu: «fins ara l'ànsia era no tenir connexió, i ara s'hi barreja el terror de ser controlats i espiats».

— Creus que aquesta afirmació és encertada, que amb el desenvolupament de les noves tecnologies estem més controlats i espiats?

— Per parelles, o en grups de quatre, penseu per què el text afirma que ara tenim terror a ser controlats i espiats. Escriviu un llistat dels aspectes de la nostra vida que creieu que ens poden controlar pel fet de tenir el telèfon mòbil.

— Llegiu en veu alta la vostra llista i debateu sobre aquestes qüestions.

— A quines conclusions heu arribat?

Expressió

12. @ En el text de la lectura se'ns parla de la «nomoFòBia» com un autèntic estat d'angoixa que es manifesta quan no es pot fer servir el mòbil. Busca'n més informació a Internet, com per exemple els símptomes, les conseqüències...

— Existeix un altre concepte relacionat amb els mòbils, que és el *phubbing*. Saps què és? Busca'n informació i comparteix-la amb els teus companys.

— Formeu una taula rodona per tal de discutir i comentar aquests conceptes.

Text argumentatiu

Un **text argumentatiu** és el que defensa una idea o una opinió concreta (**tesi**) per mitjà d'uns arguments. La finalitat d'aquesta mena de textos és expressar una opinió, rebatre o convèncer el receptor, ja sigui per via racional, amb raonaments lògics, o per via emotiva, amb arguments de tipus persuasiu. Una de les característiques principals d'aquesta tipologia textual és la **subjectivitat**.

Les situacions de la vida quotidiana que admeten argumentació són força habituals: un debat, un article d'opinió, un manifest, un full de reclamacions...

El text argumentatiu

CAS PRÀCTIC

L'ús del telèfon mòbil a l'aula

A la teva escola s'està plantejant l'ús del telèfon mòbil a l'aula amb finalitats didàctiques.

Se't demana que redactis un text argumentatiu on expressis la teva opinió raonada sobre aquesta qüestió.

A continuació t'oferim un recordatori sobre l'estructura i els recursos propis dels textos de tipus argumentatiu perquè el puguis elaborar.

Com s'estructura un text argumentatiu?

Analitza l'estructura i les característiques de l'article d'opinió següent, com a exemple de text argumentatiu que et servirà de mostra per a la teva creació:

Castanyada o Halloween?

Presentació de la tesi, la idea que es defensa.

Cada any en arribar aquestes dates **ens hem de trobar amb la mateixa cançó.** Els comerços comencen a omplir-se de disfresses de bruixots, monstres, **carbassetes,** etc. Aleshores ens exclamem del que considerem una festa invasora que creix any rere any. Jo penso que encara som a temps de salvar la castanyada! → **ironia**

Desenvolupament dels arguments o raons que defensen o refusen la tesi.

Per començar, he de dir que no estic gens d'acord en contraposar la castanyada amb el Halloween. La castanyada forma part d'una tradició relacionada amb la diada de Tots Sants i el dia de difunts. **Aleshores,** la família es reunia i ho celebrava amb el ritual de menjar castanyes, panellets i moniatos. → **connectors**

Per tant, la castanyada no tenia una caire festiu sinó més aviat de recordar aquells que ja no hi són. **Quin sentit té fer una festa d'un ritual que va perdent el seu significat?** → **pregunta retòrica**

Amb tot això, vull dir que la festa de Halloween ha trobat el camp adobat per créixer i reproduir-se. Això sí, i cal dir-ho, els mitjans de comunicació, sobretot els infantils, hi han ajudat.

També els establiments d'oci, els grans magatzems i els comerços han trobat en aquesta celebració la manera de fer l'agost a l'octubre, i això, al meu entendre, ha estat un dels factors més determinants.

Jo opino que encara hi som a temps de salvar la castanyada. Podem rellançar-la sempre que la dotem d'elements d'interès col·lectius, és a dir, cal cercar motius per celebrar-la i per convertir-la en festa per ella mateixa, tot i que ja no me la imagino des de la intimitat familiar i tampoc honorant els que ens han precedit. → **1a persona i verbs d'opinió**

Reafirmació de la tesi.

Per tant, cal trobar la motivació suficient per celebrar la castanyada d'una manera lúdica. I si aquesta motivació passa per celebrar-la disfressats de zombies, endavant!

Quins recursos lingüístics en són habituals?

Recursos per convèncer	Recursos formals
• L'ús de la **ironia**. • L'ús de **figures retòriques** com *la metàfora, la comparació, l'antítesi...* • Les **preguntes retòriques.** • **Opinions i citacions** d'autoritats.	• **Connectors d'ordre** que assenyalen les parts del text: *per començar, en primer lloc, d'una banda, per acabar, en resum...* • Connectors que indiquen **causa** *(perquè, ja que...)*, conseqüència *(per això, per tant...)*, oposició *(en canvi, no obstant això, tanmateix...)*. • L'ús de la **primera persona** del singular o del plural, donant així idea de subjectivitat. • Verbs que expressen idea d'**opinió:** *em sembla, prefereixo, opino, considero...*

Anem per feina i escriu els teus arguments!

Títol creatiu

Ja fa un temps que es parla a la premsa... ← **Situa la qüestió: Exposa la teva opinió o tesi.**

Per començar... ← **Argument 1**

En segon lloc... ← **Argument 2**

I a més a més... ← **Argument 3**

Per tant... ← **Insisteix, referma la teva opinió inicial o tesi.**

PBL

Aquest mes, finalment, el Bicing ha arribat al barri. Els veïns estan contents, tot i que el servei aquest primer mes ha estat una mica caòtic, perquè o les màquines que subjecten les bicicletes no funcionaven bé i no permetien que els usuaris les agafessin, o no hi havia bicicletes.

Per tal que els ciutadans puguin opinar, els diaris tenen la secció de **Cartes al director o Cartes dels lectors.** La temàtica que es tracta és diversa: política, esports, educació, problemes veïnals, campanyes publicitàries...

Feu un escrit per a un diari de com a màxim 200 paraules per valorar el primer mes de funcionament del Bicing com segueix:

- Presentació del problema o tema a tractar.
- Valoració personal, a favor o en contra, amb arguments i exemples.
- Conclusions, solucions o alternatives.

Fonts d'informació:

» **www.bicing.cat/**

» **www.elpuntavui.cat/**

» **www.lavanguardia.com/**

» **www.ara.cat/cartes/**

Altres fonts: articles i notícies que trobis al teu cercador.

Puntua bé!

Quan hagis d'escriure tingues en compte l'ús de...

Les cometes

Les cometes s'utilitzen:

- Per marcar l'inici i l'acabament d'una citació o d'una transcripció textual:

  El doctor em va dir: «Has de fer molt esport i menjar sa.»

- Quan s'esmenta el títol d'una obra, un titular periodístic, els títols de capítols d'un llibre, els articles de revistes...

  Ha publicat «El poema de la rosa als llavis», de Joan Salvat-Papasseit.

- Per marcar paraules que apareixen en un text amb un sentit diferent de l'habitual o amb un matís particular, sovint d'ironia o èmfasi.

  Doncs sí que has arribat «d'hora»!

Atenció! S'ha d'evitar repetir el punt abans i després de les cometes de tancament.

Forma incorrecta: *I va afegir: «No tornaré mai més aquí.».*

Formes correctes:

I va afegir: «No tornaré mai més aquí.»

I va afegir: «No tornaré mai més aquí». Després va marxar.

13. Escriu un text argumentatiu a partir d'aquest titular. Abans d'escriure'l, completa la taula.

Cobrar per caçar bolets

Alguns ajuntaments han decidit cobrar per collir bolets. La polèmica està servida!

Arguments	
A favor	**En contra**
• *Mesura per regular la invasió de boletaires als seus boscos.*	• *El bosc ha de ser de lliure accés.*
• *Conservar els boscos.*	• *Cobrar per caçar bolets és un abús.*
•	• ....
•	• ....

— Has de tenir molt clara la tesi que vols defensar a favor o en contra abans de començar a escriure.

— Pensa en el arguments i estableix l'ordre en què els exposaràs.

— Fes servir verbs o expressions per a manifestar la teva opinió i relaciona els arguments amb els connectors adequats.

— Arriba a la conclusió final recollint o refermant el que has exposat abans.

— Revisa el text un cop enllestit per a comprovar-ne la coherència.

14. Ara determina tu els arguments a favor i en contra d'aquest titular. Posiciona't en una de les opinions i escriu el text argumentatiu.

El sou dels esportistes d'elit

Arguments	
A favor	**En contra**
....	....

15. Llegeix aquest manifest i observa'n l'estructura i com apareixen desplegats els arguments. A continuació t'oferim un fragment.

http://links.edebe.com/sm78g

Manifest per la setmana laboral de 30 hores

TREBALLAR MENYS PER TREBALLAR TOTHOM
I AMB MILLOR QUALITAT DE VIDA

"La lluita dels treballadors ha estat decisiva per reduir la jornada laboral des dels horaris inhumans de segles passats fins a conquerir la setmana de 40 hores. Els avanços de la ciència i la tècnica, l'extensió de l'automatització en els processos de producció i serveis, al costat del progrés en la formació universitària i professional han incrementat la productivitat i la riquesa al llarg dels últims decennis. [...]

Cal obrir el debat i mobilitzar-se per conquerir la setmana laboral de 30 hores sense rebaixa salarial. Perquè:

— Es distribuiria el treball existent i la gran majoria de persones sense feina accedirien a un lloc de treball en condicions dignes. També facilitaria la incorporació de les dones.

— El conjunt de la classe treballadora tindria una jornada de treball amb menys estrès, que facilitaria la conciliació amb la vida familiar, l'atenció als infants, adolescents i persones grans, el descans necessari, una salut millor, gaudir de l'oci merescut, l'estudi, el desenvolupament de la creativitat, la participació en els assumptes públics, etc.

— [...] Els treballadors tenim dret a la felicitat, a gaudir de la natura i viure en harmonia en un planeta finit, a gaudir d'una millor qualitat de vida.

No volem l'esclavitud de "viure per treballar" per l'enriquiment d'uns pocs, volem treballar amb dignitat per viure amb justícia i igualtat, en pau i solidaritat.

Organitzacions, entitats i moviments que donen suport a la campanya «Per la setmana laboral de 30 hores».

— Per parelles elaboreu un manifest a favor o en contra d'un d'aquests temes: L'ús de monedes d'un cèntim. Explicar la vida a Instagram. El costum social de depilar-se.

El debat electoral

Activitats

Escoltem

16. Escolta atentament aquest vídeo sobre un fragment del debat electoral per a l'alcaldia de Barcelona entre els candidats de les set principals forces polítiques a l'Ajuntament. Després, respon les preguntes.

http://links.edebe.com/sbkd

— Quants candidats participen en el debat?

— Com estan distribuïts en el plató de televisió? Per què?

— Qui condueix el debat? On es col·loca i per què?

— Sobre quins temes parlen?

— Parlen tots alhora? Per què?

— Com demanen el torn de paraula?

— En algun moment els candidats discuteixen entre ells? Quan?

— La discussió entre els candidats resulta enriquidora, o més aviat tot el contrari?

Parlem

17. Ara us toca a vosaltres ser els que debateu i defenseu els vostres arguments. La situació és la següent: és l'inici de curs i com cada any hi ha l'elecció de delegat i subdelegat de la classe.

— Trieu una persona de la classe per a ser el moderador. La resta, poseu-vos en grups de quatre o cinc persones i escolliu qui del vostre equip serà el vostre representant per a delegat.

— Escriviu el programa electoral amb cinc propostes sobre el funcionament de la classe (algunes de noves i d'altres de millores).

— El moderador s'haurà de preparar unes quatre o cinc preguntes sobre diversos temes que afectin al funcionament de la classe i que formularà a tots els representants.

— Prepareu bé els arguments per respondre, tot defensant les propostes que heu elaborat en el programa electoral.

— Un cop tingueu clar el vostre programa electoral i els arguments per defensar-lo, penseu un nom per al vostre partit i un eslògan que representi la línia que seguiu.

— Inicieu el debat amb les preguntes del moderador. Seguiu les seves instruccions sobre com heu d'intervenir. Recolzeu els vostres arguments amb exemples reals per tal que la resta de la classe entengui la vostra proposta.

— Després del debat, feu les votacions i escolliu quin candidat us ha semblat més convincent i coherent. Recordeu que no podeu votar el del vostre equip.

Característiques d'un debat

Durant el debat els candidats han de:

- Portar un guió amb els punts més importants d'allò que es vol dir.
- Parlar a poc a poc, alt, amb entonació i vocalitzant bé.
- Fer ús del llenguatge no verbal: gestos, mirades...
- Utilitzar el llenguatge i el registre adequat.
- Exposar amb claredat els arguments. S'ha de ser clar i precís.
- Ser respectuosos amb els companys i seguir les indicacions del moderador.

Jocs per a parlar

Acusat

Per a dir en veu alta:

Un home gran està mirant per la finestra de casa seva. Sospira i apaga tots els llums, tanca totes les finestres, agafa la seva maleta i se'n va tancant la porta, per a no tornar mai més.

A l'endemà, surt una notícia al diari, en primera plana, on es diu que centenars de persones han perdut la vida. La policia acusa l'home de totes aquestes morts. Per què?

Llenguatge denotatiu: al·ludeix al significat objectiu de la paraula, al marge del context.

Ex. **Hotel:** Establiment públic on, pagant, es dóna allotjament i menjar a persones que són de pas.

Llenguatge connotatiu: determinat per la subjectivitat del receptor; hi poden haver diferents interpretacions segons el context i d'altres significats.

Ex. **Hotel**

— Per als turistes és diversió, vacances, descans...

— Per als treballadors és sou, feina, cansament...

Semàntica

La semàntica és la branca de la lingüística que estudia el significat dels morfemes, dels mots o de les unitats significatives superiors.

El significat variable de les paraules

Els nostres discursos, textos, converses... parteixen sempre de paraules amb un significat determinat i que tenen la intenció de comunicar alguna informació. Però no totes les paraules tenen un sol significat, o una única intenció.

— Llegeix aquest fragment de l'article d'opinió de l'inici de la unitat i fixa't en quin ús del significat de les paraules destacades n'ha fet la periodista.

He viscut un moment extraordinari pel sol fet d'haver **extraviat** el mòbil, que no vol dir **perdut**, sinó que s'havia **dispersat** del meu **trajecte** i ha tornat, com un **bumerang** entre desitjat i repudiat.

Com has pogut comprovar, la llengua ens permet jugar amb el significat dels mots. En aquest sentit, cal recordar els conceptes de **denotació** i **connotació**. El llenguatge no sempre és denotatiu, també pot ser connotatiu.

La **metàfora** i la **metonímia** són dos clars exemples d'ús del llenguatge connotatiu des del punt de vista més literari. Els **mots tabú** i els **eufemismes**, en canvi, fan un ús del llenguatge connotatiu des d'una perspectiva més social.

La metàfora i la metonímia

Són dues **figures retòriques de tipus semàntic** que s'utilitzen, tant en la literatura com en la lingüística, perquè aporten elegància, subtilesa i ironia en els discursos orals i en els textos escrits.

La **metàfora** consisteix a emprar un mot que expressa literalment una cosa per a expressar-ne una altra amb la qual té una certa semblança. Exemples:

- *Els cabells són d'or (o de plata)* → Els cabells són de color groc com l'or, són rossos (o blancs, del color de la plata).
- *Panxa de la paret* → La paret no és recta, té bonys.

— Llegeix aquest fragment d'un article d'opinió on podràs comprovar que la metàfora no només s'utilitza en la literatura, sinó que també és molt útil i habitual en la nostra vida diària i en diferents tipus de textos. L'autor explica molt bé la metàfora que va crear l'escriptor Sergi Pàmies per al jugador del FCB Leo Messi.

[...] A l'article que li he llegit sobre el Barça, Sergi Pàmies qualifica aquest extraordinari jugador que és Messi de «puça electromagnètica». Em sembla un singular encert. Messi és més aviat baixet –metafòricament una puça entre jugadors d'un volum més poderós–. I la seva manera de moure's ràpidament entre els adversaris té alguna cosa de velocitat elèctrica.

[...] a l'*Enciclopèdia Catalana* he trobat en la paraula *electromagnetisme* algunes explicacions aplicables a aquest jugador. [...] «El camp (el Camp Nou) té un component electrostàtic i un camp d'inducció, o sigui, el que porta a actuar (a moure's i fer gols)». «En aquest camp actua una força (el futbolista) que depèn del valor de la càrrega (la confiança del jugador en ell mateix), de la velocitat (la de Messi) i de l'angle format per la direcció de la velocitat (els rapidíssims canvis de direcció del futbolista) respecte a la del camp». Sembla que l'*Enciclopèdia* parli de la capacitat de Messi a l'hora de trobar l'angle de xut a la porteria. [...]

A més a més, la puça no té ales, però salta i pica. La puça Messi, que tampoc té ales, sap saltar per esquivar les travetes i pica (xuta) amb una increïble facilitat. De manera, amic Sergi, que has inventat una perfecta metàfora cientificofutbolística: Messi, la puça electromagnètica.

Josep Maria Espinàs, «La metàfora esportiva de Sergi Pàmies», *El Periódico*, 4 novembre 2010

La **metonímia** és una figura retòrica que consisteix a designar una cosa amb el nom d'una altra amb la qual manté una relació necessària (de continuïtat). Aquesta relació acostuma a ser de:

- Causa/efecte: *Treballa per viure*. Expressa que aquesta persona només treballa (causa) per a poder pagar les coses bàsiques de la seva vida diària (efecte).
- Part/tot: *Va comprar un Goya*. Vol dir que va comprar un quadre del pintor Goya.
- Continent/contingut: *S'ha menjat una caixa de bombons*. Es pretén dir que la persona s'ha menjat el contingut de la caixa, no la caixa.
- Marca/producte: *M'he begut una Fanta*. Es vol dir que s'ha pres una taronjada, Fanta® és la marca de la beguda.

Els mots tabú i els eufemismes

La llengua és un fet social que reflecteix les creences, les pors, les esperances, les prohibicions... de la societat; però cada generació és diferent.

Els eufemismes i les paraules tabú tenen relació amb la societat i el context en què vivim. Per tant, aniran canviant amb els anys i, com es veurà a continuació, estan molt relacionades entre elles ja que unes apareixen perquè existeixen les altres.

Fixa't en les paraules *vàter* i *servei*, o *cec* i *invident*. Les utilitzes en les mateixes situacions?

La paraula **eufemisme** prové del grec (*eu* 'bo' i *feme,* 'parlar') i és una paraula o expressió que s'utilitza en el lloc d'una altra que es considera malsonant, que té una connotació no adequada, vulgar, de mal gust o que és un **tabú**. Per tant, una paraula tabú és aquella que està relacionada amb aspectes de la vida que no es volen anomenar o recordar, com per exemple: la mort, les guerres, la discriminació, el sexe, les funcions fisiològiques, les malalties, l'edat, els defectes físics o psíquics, la religió, les situacions laborals, fins i tot la política o l'economia.

Els eufemismes són més neutres o ideològicament menys compromesos que les paraules tabú. Vegem-ne alguns exemples més a la taula del marge.

Disfemisme

La llengua espontània ha creat una forma de rebel·lió per evitar l'efecte de «massa políticament correcte» i s'anomena **disfemisme**. Consisteix a crear expressions despectives o negatives per ridiculitzar l'ús dels eufemismes. S'utilitza humorísticament.

Ex. *Tinc una reunió amb el senyor Roca, vaig a canviar l'aigua al canari, anar en pilotes...*

Paraules tabú	Eufemismes
parir	donar a llum
països pobres	països en via de desenvolupament
països rics	països desenvolupats
vell	tercera edat, ancià
presó	centre penitenciari

Activitats

18. Identifica si a les següents oracions hi ha una metàfora o una metonímia. Justifica la teva resposta.

- M'agrada molt el cabrales.
- En Sergi era un tren.
- La vida no és un llit de roses.
- M'he pres una ampolla d'aigua, tenia tanta set!
- La meva germana ja té vint-i-cinc primaveres.
- Els seus ulls eren safirs.
- Espanya va guanyar a Portugal per 2-0.

19. Classifica els mots i expressions següents en eufemismes o mots tabú i relaciona'ls entre ells.

treballador • desocupat • morir • borratxera
guerra • tortura • parat • estar en estat • intern
gros • mètodes de persuasió • passar a millor vida
intoxicació etílica • col·laborador • pres
embarassada • de bones penques • intervenció

20. Quin recurs utilitza l'autora del text de la lectura inicial (metàfora, metonímia, eufemismes o mots tabú) en les oracions següents? Justifica la teva resposta.

- Hi ha moltes possibilitats al món *off line* de les quals hem abdicat.
- Els *smartphones* són uns tirans. Dominen i són prínceps absoluts de les nostres existències.

21. Substitueix els mots tabú que hi ha en cursiva per eufemismes més adients.

- *Els avis* del casal del barri van visitar *la presó* de la ciutat i van poder comprovar que *les cel·les* no estaven preparades per a *gent paralítica*.
- *Els països pobres* tenen menys oportunitats que *els països rics*.
- La meva gossa *ha mort* aquest matí després de *parir* tres cadells.
- Vaig a *fer pipí al vàter* abans que estigui ocupat.

GRAMÀTICA

Oració simple: es compon d'un subjecte (SN) i d'un predicat (SV). Aquestes oracions només tenen un verb.

Ex. *Ha estat un moment lent*.

Oració composta: conté més d'una construcció lingüística dotada de subjecte i predicat.

Ex. *No saps què has de fer*.

L'especificador i el CN

L'**especificador** d'un nom pot ser un **determinant** (article, demostratiu, possessiu...), ja que en precisa el significat i hi concorda en gènere i nombre, o un **quantificador** (indefinits, numerals o quantitatius) que en delimita la quantitat.

El **CN** amplia la informació referida al nom i pot ser:

- **Sintagma adjectival:**

  La casa vella

- **Sintagma preposicional:**

  La casa de la senyora

- **Sintagma nominal en aposició:**

  La Sara, professora de català, ha guanyat un premi.

- **Proposició subordinada adjectiva:**

  El gat que es va escapar ha aparegut.

L'oració i els seus constituents

Llegeix aquests titulars d'articles d'opinió i considera si són oracions:

a) **Sense tu estic millor**

b) **Nadius digitals, però a partir de quina edat?**

c) **La metàfora esportiva de Sergi Pàmies**

d) **Nadius digitals, quina edat a partir però?**

Una **oració** és una sèrie de **paraules** col·locades en un ordre determinat que transmeten un **significat lògic i complet** i que estan delimitades per dues pauses o silencis.

Així doncs, només són oracions les seqüències *a* i *b*. La *c* no ho és perquè està incompleta i la *d* tampoc, perquè està desordenada i és il·lògica.

Estructura de l'oració

L'oració s'estructura, generalment, en dues parts: un **sintagma nominal** (SN) que fa la funció de **subjecte** i un **sintagma verbal** (SV) que fa la funció de **predicat**.

Totes les coses velles es tenyeixen d'una lenta pàtina.

SN	SV
Subjecte	**Predicat**
Oració	

L'ordre lògic d'una oració és **subjecte + predicat**, tot i que, a vegades, el subjecte pot aparèixer en diferents posicions dins l'oració o, fins i tot, pot estar elidit.

Ex. *Han arribat els amics a la festa*. (Jo) *Sense tu estic millor* .

SN subjecte

El **subjecte** és la persona, l'animal, l'objecte... dels quals es diu alguna cosa:

Totes les coses velles.

Ha de concordar en persona i nombre amb el verb.

Totes les coses velles es tenyeixen d'una lenta pàtina.
3a persona plural 3a persona plural

Està format per un **sintagma nominal (SN)**, un grup de paraules que giren al voltant d'un **nucli** que és un nom o un equivalent, com ara un pronom, un adjectiu substantivat, un infinitiu substantivat o una oració subordinada substantiva. Exemples:

Tot *es tenyeix d'una lenta pàtina*. (Pronom)

El ***petit*** *es diu Joan*. (Adjectiu substantivat)

Caminar *és saludable*. (Infinitiu substantivat)

Qui mengi ara *no soparà*. (Oració subordinada substantiva)

L'estructura del SN és: **(Especificador) + Nucli + (Complement del Nom [CN])**

Totes les	*coses*	*velles*
Especificador	**Nucli**	**CN**

L'especificador i el complement del nom són opcionals, no sempre n'hi ha.

SV Predicat

El predicat és tot allò que es diu del subjecte. Està constituït per un **sintagma verbal (SV)**, per tant, el seu nucli és un **verb**, que pot anar acompanyat o no d'uns complements (n'hi ha d'opcionals i d'obligatoris, segons el tipus de verb).

Es tenyeixen	*d'una lenta pàtina*		*Les accions*	*pugen.*
Nucli	Complement			Nucli
Predicat				**Predicat**

Parlem de dos predicats segons el tipus de verb que tinguin com a nucli: el **predicat nominal** i el **predicat verbal**.

Predicat nominal (l'atribut) i predicat verbal

Predicat nominal

Està format per un **verb copulatiu** (*ser, estar, semblar* o *parèixer*) i un **atribut**, és a dir, un sintagma que expressa una qualitat o característica del subjecte. Els verbs copulatius estan mancats de significat i per aquest motiu la seva funció és només de nexe entre el subjecte i l'atribut. Aleshores el nucli del predicat nominal no serà el verb sinó la qualitat expressada.

(Jo)	*Sense tu*	*estic*	*molt millor.*
Subjecte el·líptic		verb copulatiu	Atribut nucli
		Predicat nominal	

La funció de l'atribut pot ser realitzada per:

- Sintagma nominal: *Això serà **un moment lent.***
- Sintagma adjectival: *La teva resposta ha estat **simpàtica.***
- Sintagma preposicional: *La seva actuació va ser **de pel·lícula.***
- Proposició subordinada substantiva: *La meva idea és **que pengem els quadres al revés.***

L'atribut es pot substituir pels pronoms febles com segueix.

Pronom feble	S'utilitza quan l'atribut...
ho	És indeterminat (no va precedit ni per un determinant article ni demostratiu) o és una proposició subordinada. Exemples: *La casa és **gran**.* → *La casa **ho** és.* *La Júlia és **una noia valenta**.* → *La Júlia **ho** és.* *Sense tu estic **molt millor**.* → *Sense tu **ho** estic.*
el, la, els, les	És determinat (va precedit pels determinants articles: *el, la, els, les* o dels demostratius: *aquell, aquella, aquells* o *aquelles*). Exemples: *La Clàudia serà la **millor persona**.* → *La Clàudia **la** serà.* *El rellotge era **aquell teu**.* → *El rellotge **l'**era.* *Van ser **els millors dies de vacances**.* → ***Els** van ser.*
en	Es vol emfasitzar, és a dir, es vol ressaltar allò que diem del subjecte; aleshores el substituïm pel pronom ***en*** i repetim l'atribut introduint-lo amb la preposició ***de*** i **separat per una coma** de la resta de l'oració. Exemple: *Que **n'**ets, de bèstia!*

ATENCIÓ

Els verbs *ser* i *estar* no sempre es comporten com a verbs copulatius, també poden comportar-se com a verbs predicatius. Aleshores els complements que els acompanyaran seran de temps, lloc... Exemple:

__Avui__ en Jordi estarà __al despatx.__
CC de temps — CC de lloc

Observacions sobre els verbs *ser* i *estar*

En alguns casos els verbs *ser* i *estar* es fan servir de manera inadequada. Per a què això no passi segueix les següents normes d'ús:

ser

- Amb subjectes animats si les qualitats són permanents, definitòries o classificatòries.

  Aquest noi és intel·ligent.

- Amb subjectes inanimats qualsevol tipus de qualitat.

  Les respostes eren molt extenses.

- Indica lloc.

  El cinema és a la plaça.

- En les oracions passives perifràstiques.

  El foc va ser apagat pels bombers.

estar

- Amb subjectes animats si les qualitats són transitòries.

  Aquest noi està prim.

- Amb subjectes inanimats acompanyats de participis i adverbis que indiquen qualitats transitòries.

  L'habitació està desordenada.

- Expressa lloc però amb matís de durada.

  La professora estarà al despatx tot el matí.

- Quan hi ha un sintagma preposicional que no indica lloc.

  El final està per veure.

Oracions impersonals

En aquesta mena d'oracions el verb designa una situació però no l'atribueix a ningú; per tant, **no hi ha subjecte**. Sempre es conjuga en 3a persona del singular.

Els verbs impersonals són:

- Verbs que es refereixen a **fenòmens meteorològics.**

  Plou molt. Avui nevarà a Barcelona.

- Formes d'***haver-hi***.

  Hi ha molts cotxes al garatge. Hi havia molta gent. Hi haurà molts problemes.

- El verb ***fer*** referit a fenòmens del temps.

  Fa molt fred.

- Estructura ***sembla que***.

  Avui sembla que no vindrà ningú.

Predicat verbal

Està format per un **verb predicatiu** (expressen un procés o una activitat) i pot anar acompanyat de **complements verbals** (CV) que completen o amplien la informació que dóna el verb. Segons el contingut semàntic del verb en tindrà més o menys.

Els complements verbals són els següents:

- Complement directe **(CD):** *El pintor va guanyar **un premi**.*
- Complement indirecte **(CI):** *He enviat una postal **a la meva tieta**.*
- Complement predicatiu **(CP):** *El riu va **ple**.*
- Complement de règim **(CR):** *El lladre es va penedir **de tot**.*
- Complement circumstancial **(CC temps, lloc...):** ***Avui** han comprat **al supermercat.***
- Complement agent **(Ag):** *L'edifici va ser dissenyat **per l'arquitecte**.*

Segons la relació del verb amb els complements verbals, podem classificar els verbs predicatius en:

- **Transitius:** exigeixen un complement directe. ***Vam sentir** un soroll al carrer.*
- **Intransitius:** no admeten un complement directe. *La veïna **ha trucat** a la porta.*
- **Reflexius:** expressen una acció que el subjecte realitza i, alhora, rep. *Jo **em rento** les dents tres cops cada dia.*
- **Recíprocs:** denoten una acció donada i rebuda alhora per cadascun dels qui la realitzen. *En Lluís i la Clàudia **s'estimen**.*
- **Pronominals:** molts d'ells denoten una activitat interna del subjecte (preocupar-se, intoxicar-se, engreixar-se...) i es conjuguen adjuntant-hi un pronom feble de la mateixa persona que el subjecte. *Avui jo **m'he despertat** amb l'alarma del mòbil.*

Modalitats oracionals

Segons quina sigui l'actitud del parlant, les oracions es classifiquen en:

Enunciativa o declarativa	Es dóna informació al destinatari.	Afirmativa	*Són les tres de la tarda.*
		Negativa	*No vindré a sopar.*
Interrogativa	Es demana una informació.	**Directa:** l'oració principal és interrogativa. Apareix el signe d'interrogació.	*Has vingut a sopar?*
		Indirecta: l'oració subordinada és la interrogativa. No hi ha signe d'interrogació.	*Vull saber què ha passat.*
		Total: demana una resposta categòrica (sí o no).	*Has agafat el tren a l'hora?*
		Parcial: demana una informació detallada.	*Què vols per a sopar?*
		Retòrica: es formula una pregunta sense esperar una resposta.	*Qui s'ho hauria imaginat això?*
Imperativa o exhortativa	Es vol influir en la conducta del receptor.	Afirmativa (verb en mode imperatiu)	*Talla la gespa*
		Negativa (verb en mode subjuntiu)	*No vinguis a la festa.*
Exclamativa	Remarca algun aspecte expressiu o subjectiu del parlant respecte alguna cosa.	Afirmativa	*Oh, que maco que és!*
		Negativa	*No puc més!*
Optativa o desiderativa	L'emissor expressa un desig, una esperança. S'utilitza amb el mode subjuntiu.	Afirmativa	*M'agradaria que sopéssim aviat.*
		Negativa	*Tant de bo que no plogui avui.*
Dubitativa	S'expressa un fet com a hipotètic. Expressa dubte, possibilitat o probabilitat.	Afirmativa	*Deuen venir cansats.*
		Negativa	*Potser no tinc sort.*

22. Llegeix aquest fragment d'un article d'opinió i destria'n les oracions simples de les compostes.

> No només són els que s'amunteguen en les barcasses, moren a les platges o busquen un somni a prop de les rodes d'un camió que travessa la frontera o dins d'una maleta. Avui, tots estem cridats a ser nòmades. En un món cada vegada més esquerdat per la desigualtat, tant els desafavorits com els afortunats es mouen buscant oportunitats. Esquivant mort o impostos, els uns i els altres saben que la terra promesa s'ha trencat en petits trossos escampats pel món i així, veient com ens busquem la vida, veient com es mouen les peces, podem tornar a mirar-nos el tauler per veure si encara té sentit.
>
> Manel Fuentes, «Era nòmada», *El Periódico*, 8 setembre 2015

23. Identifica les dues parts principals en què s'estructuren aquestes oracions extretes de la lectura inicial.

- Sempre ens quedaran els locutoris.
- La saba dels nostres dies es tecnifica.
- Ara s'hi barreja el terror.

24. Senyala el subjecte i el predicat de les oracions següents. Especifica el nucli de cada un d'ells.

- Hi ha moltes possibilitats al món *off line*.
- Vivim en un món de tirans.
- La nomoFòBia, derivada del «no mòbil», és un autèntic estat d'angoixa.
- He viscut cinc dies sense telèfon mòbil.
- El tirà digital s'escolarà amb tu als indrets més remots i íntims.

25. Indica l'estructura que tenen els SN subjectes de les oracions de l'exercici anterior.

26. Analitza l'estructura d'aquests sintagmes nominals.

Exemple: Aquesta (Especificador) solució (Nucli)

- La reunió de dimarts
- Casa de camp
- Tothom
- El meu rellotge de corda
- Tots els diners
- Enric Garriga

27. Assenya a quin tipus de predicat tenen aquestes oracions i especifica'n el tipus de verb.

- En Roger i l'Antònia s'enfaden molt sovint.
- Jo sóc la teva millor amiga.
- Els meus parents han arribat del viatge.
- No escriguis el teu nom a la llibreta.
- La infermera sembla molt preocupada.
- Estic amoïnada per tu.

28. Completa les oracions següents amb la forma correcta dels verbs *ser* o *estar*.

- La reunió .... a les sis de la tarda.
- Jo .... a Sabadell des de fa tretze anys.
- El periquito .... mort.
- L'armari que acabes de muntar .... tort.
- El meu germà .... molt prim.

29. + Escriu la previsió meteorològica corresponent a aquest mapa del temps. Cal que en la teva redacció apareguin: verbs que es refereixin a fenòmens atmosfèrics; formes *d'haver-hi*; el verb *fer* referit a fenòmens del temps; la forma *sembla que*.

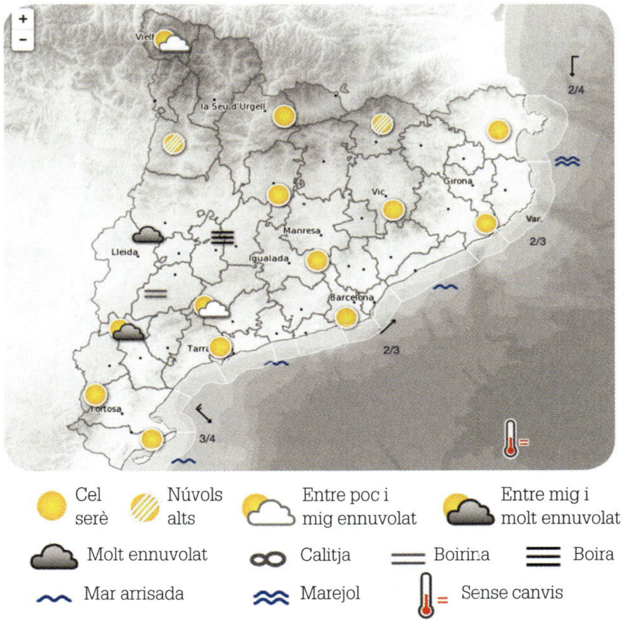

— Quin tipus d'oracions conformen la teva predicció?

30. Analitza sintàcticament aquestes oracions i pronominalitza els atributs i complements.

- L'avaria sembla que està arreglada.
- L'Anna és la doctora del CAP del Raval.
- En Raül és de Saragossa.
- La Sandra és a Madrid de viatge.
- L'Àngel està casat amb la meva cosina.

31. Per parelles, busqueu a la lectura inicial, «Sense tu estic molt millor», oracions de diverses modalitats.

La vocal neutra

La correcció lingüística és una característica imprescindible a l'hora de produir textos escrits de qualsevol tipus o d'emetre textos orals. En conseqüència és important tenir en compte les normes ortogràfiques que regulen l'ús correcte de l'idioma.

En el català oriental, les grafies *a* i *e* en posició àtona es pronuncien de la mateixa manera. Aquesta vocal s'anomena **vocal neutra** [ə]. Per tal de recordar quan hem d'escriure *a* o *e* àtones, completa les normes que ho regulen.

Noms i adjectius

A final de mot

- Els **mots masculins** acaben en ....: *rour...., mobl...., par...., sucr.... negr....*, etc.

> **Excepcions:** *califa, goril·la, agrícola, terra, papa, indígena*...
>
> Noms acabats en: *-arca, -ista, -cida, -ma* i *-ta: patri**arca**, idio**ma**, poe**ta**, dent**ista**, homi**cida**...*

- Els **mots femenins** acaben en ....: *don...., person.... apt...., òrfen...., la sev.... sogr...., mestr...., camis.... ampl....*, etc.

> **Excepcions:** *febr**e**, mar**e**, torr**e**, class**e**, bas**e**, imatg**e**, higien**e**, llebr**e**, piràmid**e**, calvíci**e**, jov**e**, alegr**e**, probabl**e**...*
>
> Invariables acabats en *-aire, -ble, -me, -ne, -re: dans**aire**, compati**ble**, infa**me**, Ire**ne**, lleb**re**...*

- Els plurals que acaben en *vocal neutra +s*, sempre *-....**s**: mar....**s**, sogr....**s**, apt....**s**, muntany....**s**, pobr....**s***, etc. Atenció amb els canvis ortogràfics!
- En noms invariables que acaben en vocal neutra seguida de *s*, escrivim ....

Maties, Carles, pàncrees, galimaties, messies, judes, mecenes, Amazones...

A l'interior de mot

- S'ha de buscar la paraula primitiva on aquest so estigui en posició tònica.

Exemples: *p....uet* → ....; *b....rqueta* → ....; *t....ulada* → .... .

Paisatge de les selves de l'Amazones

Verbs

A final de mot

- A l'última lletra de les terminacions verbals s'escriu ....: *ball...., fei...., plorav....*, etc.
- A la .... lletra del verb s'escriu ....: *ball....s, rentav....n*, etc.

> **Excepcions:** Infinitius de la 2a conjugació que acaben en vocal neutra: *veur...., jeur...., creur....*, etc.
>
> La .... persona del singular dels verbs: *corr...., vin...., obr...., ompl....*, etc.

A l'interior de mot

- Busquem la .... o .... persona del singular del present d'indicatiu per saber si escrivim ***a*** o ***e***: *s....lta* → *s....ltava, s....ltaré*, etc.

> **Excepcions:** *jeure, treure, néixer, péixer*. En aquests verbs, les formes tòniques s'escriuen amb ***e*** i les àtones, amb ***a***: ***jeu*** → *jaurà, jauríem*...

ATENCIÓ

Canvis ortogràfics en la formació del plural:

ca → ques: *roca/ro....*

ça → ces: *caça/ca....*

gua → gües: *llengua/llen....*

ja → ges: *platja/plat....*

qua → qües: *iniqua/ini...., obliqua/obli....*

Interferències del castellà en l'escriptura de les vocals *e* i *a* àtones

En català, amb *a*		En català, amb *e*	
....mbaixador	l....trina	alb....rcoc	....mparar
arr....vatar	r....ncor	s....tí	s....rgent
arr....cada	s....nefa	t....mptejar	....nyorar
....valuar	s....rbatana	punx....gut	tàv....c
ass....ssinat	S....rdenya	Cat....rina	ass....mblea
av....ria	af....itar	....feminat	g....lea
d....vant	m....ragda	....stella	respl....ndir

Dictat

32. Prepara aquest dictat i després respon les preguntes.

Ser el tercer no és mai fàcil. I menys quan els dos primers han fet història. Així de magre se li presenta a la tercera encarnació de Shrek la tasca de deixar la seva empremta en aquesta saga de l'ogre verd, que estrena avui als Estats Units l'última aventura. A Catalunya arriba el 22 de juny i també doblat, de nou, al català.

Serà complicat que aquest nou Shrek superi les cotes d'èxit dels seus predecessors. L'original va aconseguir l'Oscar a la millor pel·lícula d'animació i la segona entrega va coronar-se com el títol d'animació més taquiller, superant els 440 milions de dòlars només als Estats Units. El temps ho dirà.

Extret de l'article «Shrek Tercer el Gran», www.elpuntavui.cat

— Fixa't en les terminacions dels verbs *presenta*, ***estrena*** i ***arriba***. Per què s'escriuen amb *a*?

— Els adjectius *magre* i *verd* són variables o invariables? Escriu-ne totes les formes en singular i en plural.

— Escriu el singular i el plural, masculí i femení, dels numerals que trobis en el text.

— Escriu paraules de la mateixa família de *tercer* i de *verd*.

— Per què s'escriu *e* a *deixar, superant, ogre i cotes?*

— Per què s'escriuen amb *a encarnació*, *saga* i *animació*?

— Anota el plural dels mots *estrena* i *aventura*. Per què es fan així?

— A la primera ratlla hi ha la paraula *és*. Per què porta accent?

— Classifica totes les paraules que porten accent en agudes, planes i esdrúixoles.

— Quin ús té la coma en aquest text? Justifica-ho.

Activitats

33. Omple els buits d'aquest fragment amb *a* o amb *e*.

Els videojocs actuals

Fa temps que els videojocs van d....ixar de ser simpl....s jocs de «matar marci....nets» i actualment són un món molt diferent al de fa 10 o 15 anys. No només han evolucionat en les seves pr....stacions tecnològiqu....s i també en els seus plant....jaments, sinó en les estructur....s intern....s, i per això alguns videojocs actuals pod....n tenir una utilitat educativa indubtabl.... a l'hora de tr....ballar cos....s com la simulació de realitats, el plant....jament d'hipòtesis i estratègi....s o l'apr....nentatg.... per prova error.

34. Escriu el verb que falta amb la forma que hi ha entre parèntesi.

- Tu sempre li .... (*retreure*, futur) que no hagi vingut.
- Quan arribem al prat, nosaltres .... (*jeure*, futur) una estona a l'herba.
- L'atleta .... (*córrer*, present indicatiu) cada dia perquè .... (*pretendre*, present indicatiu) participar a la marató del proper mes de gener.
- L'actuació del cantant .... (*cloure*, passat perifràstic indicatiu) amb la seva cançó més coneguda.
- Ens han dit que el meu cosí .... (*néixer,* futur) segurament el dia de Nadal.

35. Dividiu la classe en quatre grups base i poseu en pràctica la tècnica de **treball cooperatiu** *foli giratori.*

— El professor/a entregarà a cada equip un foli amb les següents parelles de paraules: *afecte/efecte, manar/menar, lliurament/lliurement, moda/mode*.

— Un membre de cada equip triarà una parella de mots i escriurà dues oracions on quedi clar el seu significat, i passarà el foli al company/a del costat que triarà una altra parella de mots i farà el mateix. Es repeteix fins que tots hagin participat.

— Els companys del grup hauran d'estar pendents del que escriu, d'ajudar-lo i si cal corregir-lo.

— Finalment, guanyarà l'equip que hagi acabat abans i totes les paraules s'hagin usat correctament.

36. A la sèrie de pel·lícules de què ens parla el dictat de l'activitat 32, el protagonista, Shrek, viu aïllat dels qui l'envolten, pel fet que se sent diferent dels altres. Per raons diverses, aquest sentiment és cada cop més freqüent en la nostra societat. Hi contribueixen les noves tecnologies, ja que tendeixen cada vegada més a aïllar l'individu.

— Pensa tres situacions que ens aïllin del nostre entorn per causa dels telèfons mòbils o dels ordinadors, i quines accions podem fer per evitar-ho i facilitar la convivència.

— A classe, debateu en grups de quatre o cinc alumnes sobre altres causes que poden fer que algú se senti aïllat de l'entorn. Com podem actuar per a integrar-lo? Poseu en comú les vostres idees i mireu d'arribar a algunes conclusions.

Entrada de la Reial Acadèmia de Bones Lletres de Barcelona. Al segle XVIII van aparèixer formes noves de relació social i cultural, com ara les acadèmies, les tertúlies i els passejos.

El Palau Maldà, al carrer del Pi de Barcelona, construït al segle XVII per la família Cortada. En aquesta casa va viure sempre Rafael d'Amat i de Cortada, el Baró de Maldà, i hi va escriure la seva obra.

La literatura del segle XVIII: prosa, poesia i teatre

El segle XVIII va començar de manera convulsa amb la **guerra de Successió**, que va culminar amb la presa de Barcelona per les tropes borbòniques l'11 de setembre de 1714. Després d'això, el rei Felip V va decidir suprimir les institucions catalanes d'autogovern, tal com havia fet també amb les d'Aragó i València, i va iniciar la imposició del castellà en àmbits com el de la justícia. D'aquesta manera la nova monarquia implantava un model d'**Estat més centralitzat**, tant políticament com lingüística. Tanmateix en el terreny econòmic el Principat inicià durant aquest segle una recuperació que donaria lloc a una **forta industrialització** del territori. La nostra economia es va revitalitzar i va agafar un impuls que encara perdura.

La Il·lustració: l'educació i el progrés

En l'àmbit de la cultura i del pensament, aquest segle va ser el de la **Il·lustració**, moviment nascut a França i Anglaterra al segle anterior. «Il·lustrar» vol dir 'donar llum a l'enteniment d'una cosa' i, efectivament, en aquell període es pretenia conèixer la realitat a través de l'observació i l'experimentació. L'objectiu del moviment il·lustrat era fomentar la **raó** i l'**educació** com a eines bàsiques per aconseguir el progrés i la felicitat dels éssers humans. El vessant estètic de la Il·lustració va ser el **Neoclassicisme**, que proposava un **retorn al món clàssic** i, per tant, a un equilibri i una harmonia que superessin els excessos del Barroc.

A Catalunya, el corrent il·lustrat no va mostrar gaire força fins a la segona meitat del segle XVIII, durant el regnat de Carles III. Va tenir com a centre la **Universitat de Cervera**, creada per Felip V, i diverses acadèmies, com la **Reial Acadèmia de Bones Lletres de Barcelona**, fundada el 1729. En la literatura el ressò il·lustrat va ser més aviat feble, amb autors com el menorquí **Joan Ramis**, i va conviure amb altres corrents, com el rococó, amb el qual comparteix alguns trets l'obra de **Rafael d'Amat i de Cortada, Baró de Maldà**. Cal destacar també el vigor de la **literatura popular**, sempre feta en català, impermeable de moment a la penetració del castellà, cada vegada més present en l'àmbit literari culte.

Baró de Maldà, cronista de la vida diària

En el terreny de la prosa culta la figura més notable és la de Rafael d'Amat i de Cortada (1746-1819), més conegut com el Baró de Maldà. Amat era un aristòcrata barceloní que va posar per escrit les seves memòries personals durant cinquanta anys (1769-1819) en un dietari, el ***Calaix de sastre***. En aquella època moltes persones escrivien dietaris d'ús personal, per anotar les tasques quotidianes, les despeses, etc. Però el Baró de Maldà va començar el seu dietari com una mena de gaseta periodística, amb notícies de política, d'actualitat de Barcelona, de festes i diverses curiositats, a les quals afegia reflexions personals.

Al *Calaix de sastre* Amat explica les seves vivències dia a dia, a Barcelona i arreu de Catalunya, que va recórrer en els seus viatges. En certa manera, és un **precursor del periodisme local** i del **costumisme**. Aquest dietari recull tradicions, costums i festes populars i religioses; descripcions de ciutats, pobles, fets històrics i esdeveniments polítics i socials; explicacions sobre els menjars de l'època, dades sobre l'economia i el comerç, etc. Tot això està escrit amb un **to col·loquial** i **irònic**, marcat per l'oralitat, ja que solia llegir aquest dietari davant els seus amics i convidats a les **vetllades** que feia a casa seva, situada a prop de l'església del Pi de Barcelona, o bé al palau del marquès de Castellbell, a Horta, als afores de la ciutat.

Les tragèdies de Joan Ramis

L'autor en llengua catalana que més va assumir els postulats del Neoclassicisme va ser l'advocat menorquí Joan Ramis (1746–1819), que amb les seves activitats i escrits es mostrava com un intel·lectual típicament il·lustrat. El 1778 va ser un dels fundadors de la Societat Maonesa de Cultura, quan l'illa de Menorca encara estava ocupada pels britànics, fet que **permetia l'ús del català com a llengua oficial**. La seva obra més destacada va ser *Lucrècia* o *Roma libre* (1769), que recrea un episodi de la història de Roma: el fill del rei de la ciutat, Tarquino, s'enamora d'una dona casada, Lucrècia, però ella el rebutja; finalment, Tarquino la viola, fet que provoca el suïcidi de la noia. Els temes que s'amaguen darrere d'aquesta tragèdia neoclàssica, escrita en versos alexandrins, són **la crítica a la tirania i la defensa de la fidelitat i la llibertat**.

Poesia popular, poesia en català

La literatura popular i tradicional, bàsicament poesia, consolida durant el segle XVIII les formes i els temes originats en segles anteriors. Diem que es tracta d'una literatura popular perquè és adoptada pel poble, que la fa seva encara que de vegades sigui obra d'un autor individual; i també és tradicional perquè es transmet de generació en generació.

Els **subgèneres** més importants de la literatura popular tradicional en llengua catalana són els següents:

- els **romanços** o balades, narracions de la vida d'algú famós pels seus fets;
- les **cançons** (de joc, de bressol, de treball…), entre les quals hi ha les nadales, moltes de les quals han arribat fins avui dia tal com es cantaven al segle XVIII;
- les **corrandes**, estrofes cantades de quatre versos que parlen d'amor, d'enyorança, del natalici d'alguna persona...
- les **cançons de pandero** (per recaptar diners per a l'Església o per lloar una noia);
- els **goigs** o lloances d'un sant o de la Verge, com mostra aquest fragment (és la tornada) dels goigs a la Mare de Déu de la Salut de Sabadell (Vallès Oriental).

Feta, fou per meravella,
excel·lent en la virtut,
de les belles la més bella,
clara Font de la Salut.

Aquesta era una literatura de transmissió oral, però també es difonia de forma escrita, amb el nom de **«literatura de canya i cordill»**, perquè per vendre-la s'exposava penjada de canyes i cordills; aquests sistema en permetia la venda a preus força assequibles, de manera que arribava a molta gent.

La importància d'aquesta literatura rau en el fet que va esdevenir un **refugi de la llengua catalana** quan aquesta estava afeblida en altres àmbits, especialment el de la literatura culta. Per això, autors de la Renaixença del segle XIX, com ara Jacint Verdaguer, hi van recórrer per inspirar-se, ja que conservava tota la **genuïnitat** i **frescor**.

Posteriorment també van recuperar alguns trets de la literatura popular tradicional autors més moderns, com ara els poetes Joan Maragall, Josep Carner i Salvador Espriu. Tot plegat ens fa veure que sempre hi ha hagut una forta interrelació entre la literatura culta i la tradicional, com demostra el fet que algunes de les composicions més famoses de poetes reconeguts (per exemple, el *Virolai* de Verdaguer) es van incorporant a la memòria popular i en formen part per sempre.

Defensant la llengua

En aquest període diversos autors van defensar l'ús del català en àmbits dels quals havia estat foragitat. És el cas de **Baldiri Reixach**, que el 1749 va escriure *Instruccions per la ensenyansa de minyons*, tractat didàctic on, entre altres temes, plantejava l'ús de la llengua materna a l'escola.

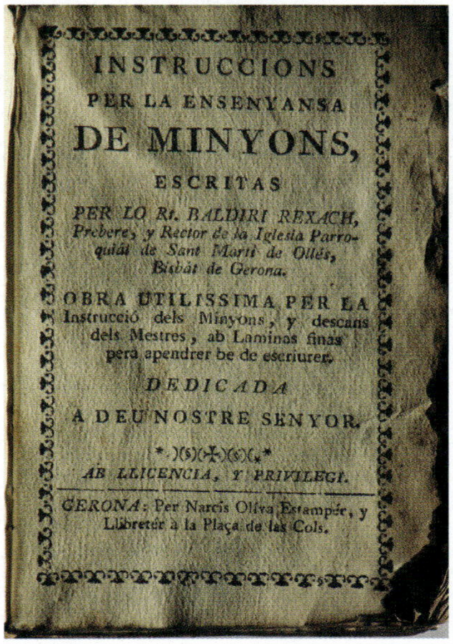
INSTRUCCIONS
PER LA ENSENYANSA
DE MINYONS,
ESCRITAS
PER LO Rt. BALDIRI REXACH, Prebere, y Rector de la Iglesia Parroquial de Sant Martí de Ollés, Bisbat de Gerona.
OBRA UTILISSIMA PER LA Instrucció dels Minyons, y descans dels Mestres, ab Laminas finas per apendrer be de escriurer.
DEDICADA
A DEU NOSTRE SENYOR.
AB LLICENCIA, Y PRIVILEGI.
GERONA: Per Narcis Oliva Estampér, y Llibretér à la Plaça de las Cols.

Músic en una rajola catalana del segle XVIII. La literatura popular anava lligada a l'oralitat i, molt especialment, a la música.

37. Busca la definició de *dietari* i anota-la al teu quadern. Tot seguit llegeix aquest fragment del *Calaix de sastre* i respon les preguntes. Per fer-ho, pots consultar diverses fonts a Internet.

Hem arribats a Martorell a 3 quarts de 9 tocats. Y traquejats de allò fort, per pasar los coches per tant de pedruscall en los carrers. Abans de arribar a la Plasa del Pou, hem desencotxat a l'Hostal dels Tres Reys, que és prou bon hostal, disposant per chocolate. Y los cocheros en donar lo corresponent pienzo a las mulas. Y la demés família en cumplir alguns encàrrechs.

Yo havia pres chocolate abans de eixir de Esplugas, però, ab tot, he fet duplex y algun altre me ha fet compañia, sent una beguda o potus que no carrega el ventrell, y menos templat lo calor del chocolate ab un bon got de aigua fresca.

Antes hem pasejat per lo carrer y arribats a la iglésia, tornant-nos-hen luego després a l'hostal per ambucar-nos lo xaculatet, que no me ha causat novetat al ventrell lo tornar-ne a pèndrer.

Hem eixits de Martorell y dret al pont de fusta, seguint lo camí directe, arbolejat, fins a girar al de la dreta, al costat de la hermita de Nostra senyora de Pontarró. Y per amunt, fins a girar al camí a la esquerra, dret al poble de Abrera, que, antes de sa pujada al poble, veyent-se lo campanar quadrat ab rajolat de València, hem desencotxats tots, per convenir aixís, per causa de la desigualtat del terreno, algo difícil rampa per lo tant pendent, ab ragueronets de aigua, y treballosa pujada per lo bestià.

— Explica què volen dir *dúplex*, *ventrell* i *eixir*. En quina varietat del català encara és viu aquest darrer verb?

— En *Calaix de sastre* abunden els castellanismes. Identifica'ls i escriu-ne la paraula catalana correcta.

— Els mots *ambucar* i *ragueronets* són correctes però estan escrits amb ortografia antiga. Com s'escriuen en l'actualitat? Què signifiquen?

— Dibuixa un mapa amb la ruta que s'hi descriu i localitza-hi la comarca catalana en què es troben els viatgers.

38. Què vol dir l'expressió «calaix de sastre» i per què creus que el Baró de Maldà li va posar aquest títol al seu dietari?

— Escriu un dietari explicant les teves vivències de tres dies en un espai d'un foli. Inventa't un títol original, com el que va fer servir el Baró de Maldà.

39. Llegeix aquest fragment de *Lucrècia* de Joan Ramis i respon les preguntes.

Tarquino:
Si l'himèn, si les lleis, si tot me resisteix,
jo tenc per mi mon cor, qui amar-se persuadeix.
Ell aprova ma flama i vós deveu pensar
que les lleis, que lo himèn, tot lo farà callar.
[...]
Les lleis no lo són més quan van contra dels reis.
Què? Vos admirau? ¿Vós estranyau, senyora,
les promeses, los dons, d'un cor qui vos adora?
Lucrècia:
Jo lo confés, senyor, me causa admiració,
jo estrany, no lo dubteu, vostra resolució.
Vós voleu que, rompent un nus que el Cel formà,
vos faça mon espós, vos dónia jo la mà.
Tot esto jo lo estrany, tot esto jo lo admir,
tot l'horror, en mon cor serveix a difundir.
El ceptro será el preu de ma infidelitat?

— Què significa en el text la paraula *himèn?* De quin recurs retòric es tracta?

— Segons Tarquino, què és el que va en contra dels seus desitjos amorosos? Quins arguments exposa Lucrècia?

— Hi ha alguna afirmació de Tarquino que deixa entreveure la seva mentalitat dictatorial? Quina?

— Busca en el parlament de Lucrècia una metàfora i una metonímia i explica'n el significat.

— Defineix el subgènere teatral de la tragèdia i posa'l en relació amb aquesta obra.

— Resumeix breument en prosa aquest diàleg entre Tarquino i Lucrècia.

40. Recorda que les corrandes són composicions de quatre versos heptasíl·labs amb rima creuada (abba, abab o abcb). Encara avui es canten i ballen corrandes que parlen de temes d'actualitat amb un aire humorístic. Entra en aquest enllaç i en veuràs un exemple:

http://links.edebe.com/y5yc5j

— Per parelles, escriviu una sèrie de corrandes (quatre estrofes cadascú) sobre algun tema d'actualitat, i interpreteu-les a la classe.

41. Busca a Internet el text d'alguna d'aquestes cançons i nadales, copia'l i explica'n les característiques: *El mariner, El testament d'Amèlia, El desembre congelat*.

Allò d'abans encara avui!

Segurament recordes de la teva infància cançons com *El gegant del pi, El noi de la mare, Fum, fum, fum*, entre moltes d'altres. Són alguns exemples de cançons que van néixer de les corrandes, cançons de pandero i nadales molt populars durant els segles XVI al XVIII. Es transmetien oralment i servien per animar la festa, per ser cantades i ballades.

Fem d'investigadors internautes

Us proposem la cerca d'informació sobre dos temes musicals molt diferents però que estan fortament arrelats a les nostres tradicions.

1. *Baixant de la font del gat*, una cançó de corranda

@ — Cerqueu aquesta cançó popular per Internet i escolteu-la. Oi que l'havíeu sentit abans?

— Ara, transcriviu les dues estrofes més conegudes i centreu-vos en allò que explica.

— On es troba aquesta font?

— Per què té el nom d'aquest animal?

— Per què i per qui era tan freqüentada?

A l'esquerra, la popular «font del gat», a la muntanya de Montjuïc, a Barcelona. A sota, monument dedicat al gran músic Pau Casals, també a Barcelona.

2. *El cant dels ocells*, una nadala

@ — Cerqueu aquesta cançó popular per Internet i escolteu atentament la lletra.

— Per què és una nadala?

— Aquesta composició està estretament lligada a un personatge català reconegut internacionalment. Qui era? Quan i on la va popularitzar? Per què ha esdevingut un símbol?

Després d'aquesta investigació haureu descobert que una part important del folklore popular, així com melodies molt conegudes encara avui, provenen del segle XVIII, i fins i tot de molt abans. Això sí que no us ho esperàveu, eh?

SÍNTESI

El text argumentatiu i persuasiu

És el que defensa una idea o una opinió **(tesi)** per mitjà d'uns **arguments**; es caracteritza per la **subjectivitat**. Estructura: **presentació** de la tesi, **desenvolupament** dels arguments, **reafirmació** de la tesi.

Metàfora, metonímia, mots tabú i eufemismes

La **metàfora** consisteix a **emprar un mot que expressa literalment una cosa per a expressar-ne una altra** amb la qual té una certa semblança. La **metonímia** consisteix a **designar una cosa amb el nom d'una altra.**

Un **eufemisme** és una paraula o expressió que s'utilitza en el lloc d'una altra que es considera malsonant, que té una connotació no adequada, vulgar, de mal gust o que és un **tabú**. Per tant, el **tabú** es relaciona amb aspectes de la vida que no es volen anomenar o recordar.

L'oració i els seus constituents. Modalitats oracionals

Una **oració** és una sèrie de **paraules** col·locades en un **ordre** determinat que transmeten un **significat lògic** i **complet**. Estructura: **sintagma nominal (SN)** que fa la funció de subjecte i **sintagma verbal (SV)**, predicat.

El **predicat** pot ser **nominal (verb copulatiu i atribut) o verbal**, un **verb predicatiu** que pot anar acompanyat de **complements verbals (CV):** CD, CI, CP, CR, Ag, CC.

Modalitats oracionals: enunciativa o declarativa, interrogativa, imperativa o exhortativa, exclamativa, optativa o desiderativa, dubitativa.

La vocal neutra

En el català oriental, les grafies *a* i *e* en posició àtona es pronuncien de la mateixa manera. Aquesta vocal s'anomena **vocal neutra** [ə]. Per no confondre'ns quan hem d'escriure la vocal neutra, cal recordar les **normes**.

La literatura del segle XVIII

El s. XVIII fou el de la **Il·lustració** (educació, raó, progrés). La **literatura culta** emprava preferentment el **castellà**. En català destaquen el *Calaix de sastre*, del Baró de Maldà, i la tragèdia *Lucrècia*, de Joan Ramis. El català es mantingué viu en la **literatura popular** i **tradicional**: romanços, cançons, corrandes, goigs...

Activitats finals

El text expositiu. El text argumentatiu

1. Aplica la **destresa** *compara i contrasta* a aquestes dues tipologies textuals. Completa aquest gràfic al teu quadern.

EL TEXT EXPOSITIU		EL TEXT ARGUMENTATIU
....	← finalitat →	....
....	← estructura →	....
....	← elements lingüístics →	....
....	← exemples →	....

S'assemblen: ....

Es diferencien: ....

Conclusió

....

2. Fes una segona lectura de l'article *Sense tu estic millor*, de l'inici de la unitat. Estàs d'acord amb els arguments de l'autora?

— Escriu un text argumentatiu on expressis la teva opinió al respecte, defensant o no la tesi de la periodista amb els teus propis arguments. Fes servir alguns dels recursos lingüístics que has estudiat (metàfora, metonímia...).

Elements d'estil: metàfora, metonímia, eufemismes i paraules tabú

3. Quins recursos —metàfora, metonímia, eufemismes, mots tabú— has utilitzat en el teu article? Amb quina finalitat?

4. Busca en aquests versos una de les figures literàries següents: anàfora, personificació, metàfora, metonímia.

Vinyes verdes vora el mar,
ara que el vent no remuga,
us feu més verdes i encar
teniu la fulla poruga,
vinyes verdes vora el mar.

Vinyes verdes del coster,
sou més fines que la userda.
Verd vora el blau mariner
vinyes amb la fruita verda,
vinyes verdes del coster.

Vinyes verdes, dolç repòs,
vora la vela que passa;
cap al mar vincleu el cos
sense decantar-vos massa,
vinyes verdes, dolç repòs.

Vinyes verdes, soledat
del verd en l'hora calenta.
Raïm i cep retallat
damunt la terra lluenta;
vinyes verdes, soledat. [...]

Josep M. de Sagarra, «Vinyes verdes vora el mar...», *Cançons de rem i de vela*

L'oració

5. Llegeix aquesta conversa i després respon les preguntes.

— Hola, Carme!

— Hola!

— Has llegit l'últim article sobre els nous mòbils?

— Sí, a Internet. Però només un tros.

— Quin és el model que t'agrada més?

— No ho sé, potser el 3500, pel nou color que té.

— Has vist quant valen?

— Sí, és una animalada! Passo de comprar-me'l!

— Carme, el model anterior ara tindrà un preu millor perquè voldran vendre aquest nou. Mira-te'l!

— Sí, segur! La meva mare en té un que no fa servir. No caldria que me'n comprés però m'agradaria un mòbil nou... Tant de bo en sortegin algun i em toqui a mi!

— No sé si voldràs anar a la botiga dissabte a veure'ls...

— I tant! Però a la tarda perquè divendres tinc partit de bàsquet i al matí estaré cansada.

— Ok. Perfecte.

— Assenyala quines oracions de la conversa anterior tenen predicat verbal i quines tenen predicat nominal.

— Analitza sintàcticament les oracions que tenen el predicat nominal i pronominalitza el que sigui possible.

— Indica les categories gramaticals de dues oracions amb predicat verbal i assenyala'n el subjecte i el predicat.

— Troba en la conversa una oració de cadascuna de les tipologies següents: dubitativa, exclamativa, exhortativa, interrogativa directa, interrogativa indirecta, enunciativa afirmativa, enunciativa negativa, optativa o desiderativa.

L'accentuació. L'accent diacrític. La dièresi

6. Llegeix el fragment següent i escriu tots els accents i les dièresis que hi faltin; n'hi ha vint-i-tres.

Nadius digitals, pero a partir de quina edat?

S'anomena nadius digitals els nascuts a partir de la decada de 1990. Han crescut envoltats de pantalles i hi conviuen amb la tecnologia de manera quasi natural des de ben petits: amb la televisio, per suposat, pero tambe amb ordinadors, consoles i videojocs de tota mena. I en els ultims anys, la proliferacio de telefons intel·ligents i de tauletes amb pantalla tactil ha facilitat que les generacions mes recents interactuin amb aquests dispositius encara mes d'hora. De fet, cada cop hi ha mes models pensats directament per a infants, fins i tot d'edat preescolar, i les tauletes infantils seran amb tota seguretat un dels regals estrella per Nadal. [...]

Encara no hi ha grans estudis sobre les possibles consequencies d'aquest us tan d'hora, pero l'Associacio Japonesa de Pediatria ha fet una campanya per limitar-lo en els nadons, perque consideren que l'us prolongat pot generar infants mes passius, especialment des que han detectat un nombre creixent de families que substitueixen els jocs a l'aire lliure i les lectures amb els nens per l'entreteniment a traves de les apps. [...]

Anna Boluda [text adaptat] www.fundrogertorne.org/

El text persuasiu i la publicitat

1. A quina tipologia textual pertany aquest text? Justifica la teva resposta.
   a. Narratiu
   b. Persuasiu
   c. Reportatge
   d. Article d'opinió
2. Quin missatge transmet?
3. Quin és l'objectiu d'aquesta campanya publicitària?
4. A quin públic creus que va adreçada la campanya?
   a. Infantil b. Adult
   c. Tercera edat d. Familiar
5. Escriu l'eslògan d'aquest anunci.
6. Determina quin tipus de llenguatge s'hi utilitza.
   a. Especialitzat b.Literari c. Estàndard
   d. Col·loquial e. Retòric f. Científic
7. Fixa't bé en els colors que apareixen en aquest cartell. Quins són els principals? Per què han triat aquests i no uns altres?
8. Creus que la imatge és prou impactant i persuasiva? Justifica la teva resposta.
9. Fes una llista amb tots els verbs que hi apareixen. Quin temps verbal s'hi utilitza? Quina modalitat oracional hi predomina?
10. Quins recursos literaris dels que hem estudiat en aquesta unitat s'han fet servir en aquesta campanya publicitària? Explica'ls.

11. Escriu un llistat dels arguments a favor del reciclatge amb què l'anunci pretén persuadir.

12. Què és un contenidor de recollida selectiva? Explica-ho amb les teves paraules.

13. Quins avantatges i quins inconvenients té l'ús d'aquests contenidors en els carrers de les nostres ciutats i pobles?

— Completa la taula amb arguments a favor i en contra de l'ús d'aquests contenidors.

A favor	En contra

14. Justifica per què les paraules següents amb el so de vocal neutra s'escriuen amb *a* o amb *e*.

- Recicl**a**, dón**a**
- Utilitz**e**n, recicl**e**n
- Un**a** n**o**v**a** vid**a**
- Caps**e**s, llaun**e**s
- Vidr**e**, llibr**e**
- F**a**bricar, pl**e**gades

15. Observa bé les següents seqüències de paraules:

AL BLAU AL GROC AL VERD

a) *Blau*, *groc* i *verd* es comporten com a adjectius? Argumenta-ho.

b) Quines categories gramaticals integren la forma *al*?

16. En el text del cartell apareix l'oració:

La teva col·laboració és fonamental.

— Quin tipus de predicat té? Analitza'n l'estructura i pronominalitza el complement.

17. Quina persona i nombre tenen els subjectes de les oracions que apareixen en aquesta campanya? Per què creus que ho han fet?

18. Fixa't bé en aquest altre cartell sobre el reciclatge. Indica quin eufemisme hi ha i quina seria la seva paraula tabú. Hi ha alguna metàfora o metonímia? Argumenta la teva resposta.

19. Al segle XVIII la literatura popular era, generalment, de transmissió oral, tot i que també es transmetia per escrit. A dia d'avui, la manera com se'ns pot presentar la literatura és ben diversa i les noves tecnologies ens ofereixen els llibres digitals.

— Explica quines eren les composicions pròpies de la literatura popular al segle XVIII. Per què s'anomenava literatura «de canya i cordill»?

Reflexiona

Diari d'aprenentatge

— Què sabies abans sobre els textos argumentatius? Què n'has après de nou? Quina aplicació trobes que té saber redactar un text argumentatiu en la vida quotidiana?

— Quin és el contingut d'aquesta unitat que t'ha costat més d'aprendre? Per què? Has aconseguit resoldre els teus dubtes?

— T'havies adonat de la importància de l'ús de les figures retòriques en la nostra vida diària? Ets conscient de la força que tenen si les utilitzes bé? Pensa alguns exemples.

3 Unitat

» CONTINGUTS

LECTURA I COMPRENSIÓ
La fi del nostre sistema econòmic

EXPRESSIÓ
El text predictiu
El canvi climàtic

LÈXIC I SEMÀNTICA
Relacions semàntiques: polisèmia, sinonímia i antonímia

GRAMÀTICA
Predicat verbal: complement directe i complement indirecte. Pronominalització

ORTOGRAFIA
Les grafies *o/u* àtones

LITERATURA
La Renaixença

Rutina de pensament
PREGUNTES CREATIVES

Observa detingudament aquesta imatge.

— Entre tota la classe, feu una pluja d'idees de com a mínim deu preguntes sobre la imatge i anoteu-les a la pissarra. Per exemple:

- Què hi veieu? On podria ser això?
- A quina època pertany?
- Què representa aquesta imatge?

— Per parelles, marqueu a la llista les tres preguntes que us semblin més interessants, trieu-ne una i comenteu-la breument.

— Finalment, entre tota la classe, penseu un altre cop quines idees noves us suggereix la imatge, diferents de les anteriors.

Antonio Turiel

Antonio Turiel Martínez (Lleó, 1970) és científic titular del CSIC a l'Institut de Ciències del Mar de Barcelona.

Físic i matemàtic, és doctor en Física teòrica i ha publicat nombrosos articles científics sobre qüestions diverses, des de la imatge digital fins a la nanotecnologia, però sobretot s'ha dedicat a estudiar diferents aspectes de l'oceanografia i la teledetecció per satèl·lit.

D'altra banda, també fa un gran esforç de divulgació dels problemes de la sostenibilitat i en particular de la crisi energètica, temes sobre els quals ha publicat nombrosos articles. També escriu un blog sobre aquestes qüestions, «The Oil Crash» (http://crashoil.blogspot.com.es/), i col·labora en diferents publicacions i mitjans audiovisuals.

Abans de llegir

El text que llegireu tot seguit és un article publicat a la prestigiosa revista científica *Omnis Cellula*.

L'autor ens parla del futur del nostre sistema econòmic i del caràcter insostenible del desenvolupament de les societats actuals, basades en la sobreexplotació dels recursos naturals, particularment del petroli, i en un creixement sense límits.

Les reserves energètiques estan minvant i el nostre sistema econòmic ha entrat en crisi, fet que representa un canvi de l'ecosistema humà. No podrem sortir d'aquesta situació si no actuem de manera diferent de com ho hem fet fins ara, per tal de garantir la sostenibilitat en l'àmbit econòmic i mediambiental.

La fi del nostre sistema econòmic

Les ciències experimentals —la geologia, la física, la biologia— ens diuen que aquesta crisi és un canvi total d'estat de l'ecosistema humà

Com a investigadors, tots estem preocupats per les reduccions pressupostàries, que afecten el nostre treball i la nostra vida personal. Hi ha un sentiment de neguit creixent per l'abast d'aquestes *retallades* contínues, per la sensació difusa que les coses *no s'estan fent bé*, que hi ha algun error greu en la diagnosi de la crisi i en les mesures que s'estan prenent per solucionar-la.

I és que, efectivament, aquest és el cas. No s'estan diagnosticant les causes últimes i inevitables d'aquesta crisi, les que fan que d'aquest forat on hem caigut no puguem sortir fent les coses com les hem fet fins ara. [...]

Quines són les causes últimes de la crisi present? Doncs res de nou, res que no estigués parlat i descrit a la literatura científica des de fa dècades. La crisi econòmica que ens ofega no és més que el resultat de les crisis ecològiques que s'han anat denunciant des dels anys setanta: crisi de biodiversitat, crisi ambiental i crisi de recursos naturals. [...] La crisi de biodiversitat posa en perill la viabilitat a llarg termini de la biosfera. La crisi ambiental fa cada cop més dures les condicions de vida dins del nostre hàbitat. I la crisi dels recursos naturals impossibilita, físicament i des d'ara mateix, el creixement econòmic sense límits sobre el qual es basa tot el nostre sistema econòmic.

Com a físic, jo m'he centrat sobretot en l'anàlisi del problema dels recursos naturals, i més particularment el de la crisi energètica [...].

El problema principal és el petroli. Des de la fi del petroli barat al final de la dècada de 1990, el concepte de *peak oil* (ritme màxim d'extracció de petroli), va recuperar vigència. Tal concepte va ser introduït per un geòleg de la Shell, Marion King Hubbert, el qual va predir amb encert que els EUA arribarien al seu **zenit** productiu de petroli cap a l'any 1970 i que després la producció **declinaria,** com de fet va succeir. També va predir que el món en conjunt arribaria al zenit del petroli l'any 2000. Amb les dades de què disposava el 1956 Hubbert va subestimar les reserves petrolieres del món, però també va ser molt conservador estimant com pujaria el consum. Quaranta anys més tard ens trobem que la previsió de Hubbert va ser força encertada: la mateixa Agència Internacional de l'Energia ha acceptat a contracor que la producció de petroli cru del món va assolir el seu nivell màxim el 2006 i que ja no creixerà mai més. Ara mateix hi ha un cert debat sobre si alguns **succedanis** del petroli podran cobrir aquesta mancança; però aquests *petrolis* requereixen més energia per produir-los (i, per tant, sempre seran més cars des del punt de vista econòmic, la qual cosa és crítica en el cas dels **biocombustibles**), tenen menys contingut energètic i no són tan **versàtils** per refinar-se. Nous estudis científics avalen que estem vivint el final d'una era, la del petroli barat, la qual comporta la instal·lació d'una crisi econòmica permanent: la nostra economia no pot tolerar preus del petroli per sobre dels 85 $ per barril sense entrar en **recessió,** de la qual només se surt quan la demanda es destrueix (a Occident el consum cau un 3% anual, que és absorbit per la Xina), el preu baixa i l'economia està cada cop més **deprimida.**

Els cada vegada més evidents problemes amb el petroli motiva que apareguin més articles a la premsa generalista i especialitzada analitzant i proposant substituts per a l'**or negre;** però quan es fa una anàlisi seriosa i en profunditat les conclusions que en surten són alarmants. Pel que fa a les altres matèries primeres no renovables, hauran de fer front aviat als seus propis zenits: abans del 2020 el carbó, cap al 2020 el gas natural i possiblement abans l'urani. És a dir, abans de deu anys les matèries que proporcionen el 92% de l'energia primària mundial podrien estar en declivi. Pel que fa a les renovables, les perspectives no són tan extraordinàries com de vegades se'ns vol fer creure: l'energia hidràulica està molt explotada a Occident, l'energia eòlica té un potencial a escala global molt limitat, i la fotovoltaica té un rendiment energètic insuficient per mantenir una societat estructurada. Respecte a les altres renovables, només la solar tèrmica de concentració sembla tenir prou rendiment i capacitat, però encara falten dades per poder-ne avaluar el potencial. Avui mateix, la situació és, per tant, crítica.

Es podria pensar que els problemes actuals han arribat de manera sobtada i sense que ningú no ho hagi previst. Res més lluny de la realitat. Des del famós informe Meadows *Els límits del creixement*, científics de branques diverses han alertat de la insostenibilitat del nostre sistema econòmic, productiu i social. Res de nou, per tant. L'única diferència és que avui la crisi d'insostenibilitat no pot ser ignorada per més temps i està destruint el sistema econòmic. I justament ara, quan els recursos es comencen a tornar escassos, quan falta capacitat d'inversió, és quan cal fer les inversions més fortes amb un rendiment no econòmic sinó social. [...]

Potser ha arribat ja el moment que els científics aixequin la veu no només per protestar sinó per fer notar que tenen coses a aportar, i molt, per solucionar aquests grans reptes societaris, que podem ajudar a assentar les bases d'aquesta *economia ecològica* que cada dia ens cal més. Perquè no només ens hi va la nostra feina. També nosaltres formem part d'aquest ecosistema: ens hi va la nostra pròpia vida.

Antonio Turiel, *Omnis Cellula*, núm. 29, desembre 2012 [Text adaptat]

Vocabulari

zenit: punt més alt d'una cosa.

declinar: disminuir, decaure.

succedani: que pot reemplaçar una altra cosa pel fet de tenir propietats semblants.

biocombustible: combustible obtingut a partir de matèria vegetal o residus orgànics.

versàtil: que s'adapta amb facilitat a diferents funcions.

recessió: retrocés, període de baixa activitat econòmica.

deprimit/da: en economia, període en què es redueixen la producció i les inversions i augmenta l'atur.

or negre: nom amb què es designa el petroli, pel seu valor.

Et recomanem

Aquest llibre és una trepidant aventura entre Istanbul i Berlín que viu en Kamal, un noi de tretze anys al qual se li ha encomanat una gran missió: salvar el món. L'humor, les profecies, la màgia, les diferents cultures i maneres de veure la vida faran que t'hi enganxis i visquis amb el Kamal la seva aventura.

Kamal i els alfabetistes

Àngel Burgas
Ed. edebé, col. Periscopi

Després de llegir

Obtenció d'informació

1. Respon les preguntes següents sobre la lectura.

— Quines són les causes de la crisi present?

— Com s'ha d'actuar si volem sortir d'aquesta situació en què ens trobem?

— Quines van ser les dues prediccions del geòleg Marion King Hubbert? Ha succeït el que ell va anunciar?

— Quins inconvenients tenen els succedanis del petroli (petrolis no convencionals)?

— Quines matèries primeres no renovables hauran de fer front al seu punt culminant en els propers deu anys?

2. Relaciona cada una de les crisis ecològiques amb les repercussions que tindran.

a. Crisi de biodiversitat	1. Fa que les condicions de vida dins del nostre hàbitat siguin cada cop més dures.
b. Crisi ambiental	2. Impossibilitat del creixement econòmic sense límits sobre el qual es basa el nostre sistema econòmic.
c. Crisi de recursos naturals	3. Posa en perill la viabilitat a llarg termini de la biosfera.

3. Assenyala quina de les tipologies textuals següents identifiques en la lectura: article periodístic, text expositiu, text argumentatiu, text predictiu... Justifica la teva resposta.

— Digues quins paràgrafs corresponen a cada una de les parts de l'estructura pròpia d'aquest tipus de text.

Títol	
Introducció	
Desenvolupament	
Conclusió	

Interpretació

4. Escriu un sinònim de cada una d'aquestes paraules.

- neguit
- a contracor
- declivi
- hàbitat
- versàtils
- zenit

5. A què s'anomena *or negre* i per què? Com s'anomena aquest tipus de recurs?

6. Fixa't en els temps verbals que fa servir l'autor per escriure l'article. Anota quins són i explica amb quina finalitat els ha utilitzat.

7. En el text es parla de les energies renovables següents: energia hidràulica, energia eòlica, energia fotovoltaica, energia solar. Digues quina és la font de cada una d'elles.

Reflexió

8. Al nostre sistema social se l'anomena «estat de benestar». Per què rep aquest nom? El trobes encertat? Creus que en un futur com el que ens han predit continuarà sent possible aquest nom?

9. Busca a Internet quines altres energies renovables existeixen, a part de les que s'anomenen a l'article, i explica-les breument.

   — Quines consideres que tenen més possibilitats de competir amb les energies no renovables?

10. L'autor acaba l'article dient: «nosaltres formem part d'aquest ecosistema: ens hi va la nostra pròpia vida». Per què ho diu?

Expressió

11. Segons les conclusions de l'informe Meadows, *Els límits del creixement* (1972; actualitzades els anys 1992, 2004 i 2012), el nostre sistema econòmic, productiu i social és insostenible:

> Si es mantenen les tendències actuals de creixement de la població mundial, la industrialització, la contaminació ambiental, la producció d'aliments i l'esgotament dels recursos, el planeta arribarà als límits del seu creixement en un termini de cent anys. El resultat més probable serà un descens sobtat i incontrolable tant de la població com de la capacitat industrial.
>
> És possible modificar aquestes tendències de creixement i establir unes normes d'estabilitat ecològica i econòmica que puguin ser sostingudes en el futur. L'equilibri global podria ser dissenyat de manera que les necessitats bàsiques materials de cada habitant de la Terra puguin ser satisfetes i de forma que cada persona tingui les mateixes possibilitats de realitzar el seu potencial humà individual.
>
> Si la humanitat decideix fer aquest esforç, cal que això passi com més aviat millor, ja que d'aquesta manera les seves possibilitats d'èxit seran més grans.

   — En grups de quatre, penseu quines petites accions creieu que podeu fer en el vostre dia a dia per ajudar a reconduir aquesta situació. Creieu que n'hi ha prou?

   — Veient les dimensions d'aquest problema, diríeu que és de caràcter nacional o internacional? N'hi hauria prou amb què un país treballés tot sol per millorar la situació mentre la resta s'ho mira i no canvia res?

   — Considereu que els polítics són els encarregats de posar-hi remei? De quina manera ho haurien de fer?

   — Poseu en comú les respostes amb la resta de companys i debateu-ho.

12. Redacta un text on facis la predicció del món on t'agradaria viure des del punt de vista dels recursos naturals, de les fonts d'energia i del seu impacte en el medi ambient.

Tipus de prediccions

Les **prediccions** poden ser:

- **científiques:** es basen en l'anàlisi rigorosa i objectiva de les dades (prediccions polítiques, econòmiques, meteorològiques...).
- **no científiques:** es basen en l'observació subjectiva, la intuïció i les creences (profecies, horòscops, tarot...).

El text predictiu

CAS PRÀCTIC

L'objectiu dels textos predictius és informar sobre estats o fets que poden ocórrer en el futur més o menys immediat, basant-se en situacions i circumstàncies actuals i també en observacions objectives o subjectives. En destaquen les prediccions meteorològiques, les argumentacions sobre el futur des del punt de vista social, econòmic o mediambiental, els programes electorals, els pressupostos, les explicacions sobre l'evolució d'una malaltia...

Els meus projectes per als propers anys

En aquest moment de la teva vida, molta gent et pregunta què faràs el proper any, quins estudis t'agradaria fer, de què t'agradaria treballar en un futur, què t'agrada...

Redacta un text explicant la teva previsió de futur a curt i llarg termini, quins són els teus projectes i el que t'agradaria que passés.

Fixa't amb el text següent per recordar com has d'escriure la teva previsió.

Quina n'és l'estructura?

Hi ha una gran varietat de textos predictius, i per això aquesta tipologia no acostuma a tenir una estructura fixa. Tot i això, se segueix un ordre cronològic en la predicció dels fets. L'estructura més habitual seria introducció, desenvolupament i conclusió.

Introducció

Fa trenta anys, un estudiós de la cal·ligrafia turca (un sonat) **va descobrir** en un text religiós de no recordo quin segle, una referència misteriosa sobre una profecia que **assegurava** la fi del món (això **està** més vist que els millors capítols d'*Els Simpsons* al YouTube, ja ho sé prou). El món **acabaria** totalment destruït i arrasat per la ira d'un ésser superior (...) el primer dia de gener de 2002 (ara **som** al mes de juliol de 2014..., vull dir que comencem bé...)

Desenvolupament

i el primer senyal que tot això **faria** un pet **seria** l'aparició a Istanbul d'un grup de persones (fanàtics, il·luminats) que es dirien els alfabetistes, el líder del qual **seria** l'estudiós de la cal·ligrafia i descobridor de la profecia. Aquest grup de persones **tindria** el poder d'aturar la destrucció de la nostra estimada civilització si aconseguia reunir-se i fer un acte d'invocació contra el maligne durant la nit del 31 de desembre de 2001. Aquest objectiu es va més o menys aconseguir (sí, això estava clar: el món continuava dret) i tothom estava feliç i content fins que (oh, no!) el cal·lígraf va descobrir una segona profecia (ja és casualitat) que anunciava que la humanitat se n'aniria en orris si algun dels alfabetistes era un impostor. Un impostor? Resulta que, segons la segona profecia, si un dels alfabetistes no era en realitat un alfabetista de debò, aleshores la destrucció del món es produiria el 31 de desembre de 2014, exactament tretze anys després de la profetitzada gran explosió inicial. I com podia ser impostor un alfabetista?

Àngel Burgas, *Kamal i els alfabetistes*. Ed. edebé

Passat

Present

Condicional
Temps verbal en condicional perquè és una profecia. S'alterna amb present i passat, perquè és una temàtica antiga i s'explica des del moment actual.

Expressions d'ordre

Expressions de temps, probabilitat, nexes condicionals...

Recursos lingüístics més habituals en els textos predictius:

- Utilització de temps verbals majoritàriament en futur (simple i compost). També es fan servir altres temps verbals per aportar matisos, com ara el condicional, el present de subjuntiu, l'imperfet de subjuntiu i el present d'indicatiu.
- Recursos propis de les narracions, argumentacions, descripcions i exposicions, si tenen una d'aquestes finalitats.
- Funció apel·lativa, és a dir, es pretén influir en el receptor del missatge.
- Ús d'expressions de temps *(avui, aquesta tarda...)*, de condició *(en cas que...)*, de possibilitat *(potser, pot ser que...)* i probabilitat *(és probable que...)*.
- S'utilitzen connectors com per exemple *si, mentre que*... per expressar condició.

Anem per feina! Escriu els teus projectes

Títol	
M'imagino en un futur...	← **Introducció**
M'interessa molt...	← **Qüestions que t'agraden i et motiven.**
En principi, el proper any voldria...	← **Objectius a curt termini (utilitza connectors d'ordre per explicar-los i situa'ls per ordre de temps).**
Més endavant, m'agradaria...	← **Objectius a llarg termini (utilitza connectors d'ordre per explicar-los i situa'ls per ordre de temps).**
En tot cas, el futur és imprevisible i ...	← **Conclusió**

Visió 360°

Els petroliers i les repercussions dels seus accidents

El **Prestige** era un petrolier monobuc construït al Japó el 1976 que es va enfonsar davant les costes de Galícia el 19 de novembre de 2002. Va produir una immensa marea negra que va afectar una àmplia zona compresa des del nord de Portugal fins a les Landes, a França. Va provocar el major desastre ecològic de la història de Galícia i una gran mobilització social i política. D'aquella mobilització va sorgir la plataforma Nunca Máis.

El vessament de petroli del Prestige ha estat considerat el tercer accident més greu de la història, amb un cost de neteja de 12 000 milions de dòlars.

Les investigacions van demostrar la falta de mesures de seguretat en la costa atlàntica.

- Busca més informació sobre aquest accident: què va passar, com va afectar l'ecosistema, què és la plataforma Nunca Máis...
  — Després d'aquest accident es van canviar algunes lleis per evitar una altra catàstrofe?
  — Com es poden evitar en un futur aquest tipus de desastres?

Puntua bé!

Quan hagis d'escriure, tingues en compte l'ús de **la coma.**

És una pausa breu dins de l'oració. També s'utilitza per marcar un incís, un vocatiu, un element focalitzat o desplaçat; per enumerar; per desfer ambigüitats i, fins i tot, per facilitar la lectura.

Atenció amb aquests altres usos:

- A les adreces s'escriu entre carrer i número però, també, entre número i pis:

  Carrer Artesania, 32, 2n 1a

- En les datacions hi ha coma entre el nom de la població i la data:

  Rubí, 2 d'abril de 2015

- Fórmules de salutació o comiat a les cartes:

  Distingida senyora,

  Atentament,

- En l'expressió de nombres decimals: *34,45.*

Atenció! Entre subjecte i verb no s'escriu coma excepte si el subjecte és molt llarg.

13. La lectura inicial d'aquesta unitat, *La fi del nostre sistema econòmic*, és un text predictiu sobre la crisi dels recursos naturals. Quins elements ho justifiquen? Posa exemples del text.

— Tenint en compte la intenció de l'autor quan el va escriure, a quin altre tipus de text creus que podria correspondre, expositiu, argumentatiu, instructiu o persuasiu? Justifica-ho.

14. Formeu grups de quatre persones i apliqueu la **destresa** *inferència deductiva* a partir de l'anàlisi d'aquesta imatge d'una cuina del futur.

— Anoteu les vostres deduccions en aquest organitzador.

Informació (premisses)	Preguntes que ens sorgeixen
— Quins elements futuristes té aquesta cuina? — Quines són les seves aplicacions? — Com es diferencia de les cuines actuals?	— Què opineu d'aquest tipus de llars? — Quins dubtes teniu? — Quins són els seus beneficis? I els seus inconvenients?

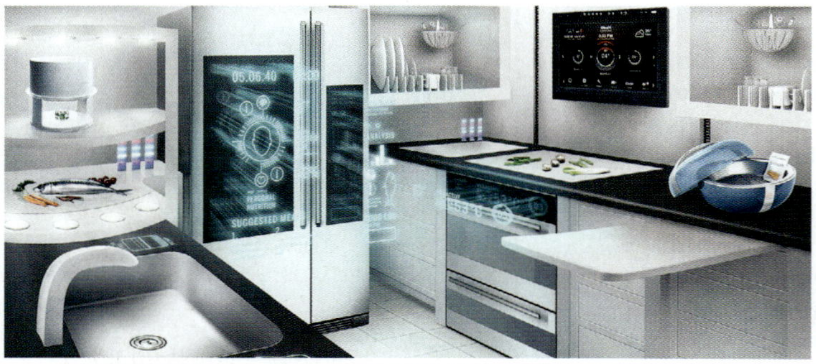

15. @ Escolta atentament el vídeo següent, *El combustible del futur*, i a continuació respon les preguntes.

http://links.edebe.com/j87t

— Per què el Govern i els productors de combustible han d'impulsar noves tecnologies?

— Quins són els combustibles del futur?

— Quina és la diferència principal entre els petroliers antics i els moderns?

— Quins cotxes són els que contaminen menys avui dia? Per què?

— D'on s'obtenen el biodièsel i el bioetanol? Quins vehicles els poden fer servir?

— Escriu un text predictiu explicant què passaria si el petroli s'acabés definitivament.

16. @ Llegeix els titulars i la informació següent sobre les causes i l'impacte del canvi climàtic.

\+ — A continuació, redacta un text predictiu sobre les conseqüències que pot tenir en la vida futura de la humanitat si no s'adopten mesures efectives per evitar-lo.

Canvi climàtic: últim avís

La cimera del clima de París reuneix representants de 195 països per tancar un acord global que freni el canvi climàtic

Causes del canvi climàtic	Conseqüències del canvi climàtic
• Creixement de la població mundial. • Sobreexplotació dels recursos naturals de la Terra (aigua, combustibles...). • Augment a l'atmosfera dels gasos d'efecte d'hivernacle (sobretot CO_2), provocat per les activitats humanes (indústria, transport, usos del sòl...).	• Increment de la temperatura mitjana de la Terra. • Elevació del nivell del mar. • Fenòmens climàtics extrems (inundacions, sequeres, ciclons...).

— Si vols aprofundir en aquesta qüestió, abans de redactar el teu text predictiu, busca més dades a Internet sobre el canvi climàtic i les conclusions de la Cimera del Clima de París (novembre-desembre 2015).

17. @ Escriu un text predictiu sobre un dels temes següents:

• Les biblioteques del futur

• Les cases del futur

— Cerca informació a Internet per tal que la teva predicció tingui una base objectiva.

El canvi climàtic

Activitats

Escoltem

18. Visualitza atentament aquest vídeo i respon breument les preguntes.

http://links.edebe.com/rbwuw

— Per què es diu que és el primer canvi climàtic si no ho és?

— De què està composta l'atmosfera del nostre planeta?

— En què consisteix l'efecte d'hivernacle? Quines conseqüències té?

— Què passaria si la terra incrementés un 2% la seva temperatura?

— Què és l'objectiu 20-20-20? Què pretén el Consell Europeu per al 2050?

19. Marca amb una creu totes les afirmacions que són correctes.

a. Els canvis que pateix la Terra són...

- ☐ La variació del règim de pluges.
- ☐ La desaparició dels boscos.
- ☐ El desglaç dels casquets polars.
- ☐ La desaparició d'algunes espècies de la nostra fauna.
- ☐ El retrocés de les glaceres.

b. Per mitigar el canvi climàtic cal, entre altres coses...

- ☐ Canviar el nostre model econòmic.
- ☐ Canviar la nostra manera de desplaçar-nos.
- ☐ Canviar la nostra manera de construir.
- ☐ Canviar més sovint de vehicles i electrodomèstics.
- ☐ Canviar la nostra manera de proveir-nos d'energies i de generar-ne.
- ☐ Canviar la manera de produir i distribuir aliments.

Parlem

20. Al final del vídeo se'ns presenten uns grans reptes:

- Podem mitigar el canvi climàtic o només adaptar-nos-hi?
- Quines accions immediates poden frenar l'escalfament global?
- Quin és l'equilibri entre actituds personals, actuacions locals i grans consensos polítics internacionals?
- Estem responent al ritme que demanen les anàlisis tecnocientífiques? Hem d'exercir més pressió ciutadana o exigir més als responsables polítics?
- Quin paper hi tenim els ciutadans?

— Expliqueu a la classe quina és la vostra opinió sobre cada una d'aquestes preguntes. Després, debateu les vostres idees i intenteu donar una resposta col·lectiva a cada pregunta.

El **canvi climàtic** és la variació global del clima de la Terra. Es produeix a diverses escales de temps i en tots els paràmetres climàtics: temperatura, vents, precipitacions, nuvolositat... Aquests canvis són per causes naturals i, en els últims segles, també per l'impacte de les activitats humanes.

Jocs per a parlar

L'assassí

Al castell dels ducs de Montbau han assassinat el senyor duc. Els sospitosos són:

- La cuinera, que diu que estava rentant la vaixella daurada i quan va sentir el crit es va espantar i li va caure.
- La minyona, que diu que estava llegint un llibre i quan va sentir el crit va deixar-lo entre la pàgina 19 i 20 i va anar a veure què passava.
- El majordom, que jugava al pòquer amb uns amics i quan tenia una escala de color va sentir el crit i va marxar.
- Per últim, el jardiner, que diu que quan va succeir tot dormia a la caseta del jardí.

— Qui va assassinar el duc?

Relacions semàntiques: polisèmia, sinonímia i antonímia

Àgora

Pau és una paraula amb molt de significat i valor en la nostra societat. Si la busques al diccionari, veuràs que es tracta d'una paraula polisèmica, amb diferents accepcions o significats.

» **Pensa quins usos diferents fem d'aquest mot en la nostra vida quotidiana i escriu-ne algun sinònim i antònim.**

A la lectura inicial d'aquesta unitat, *La fi del nostre sistema econòmic*, apareixen paraules que tenen un significat únic, com ara *geologia, ecosistema* o *pressupostària*. Aquestes són **paraules monosèmiques**, que tenen només un significat; també s'anomenen **termes**. Sovint aquests mots pertanyen al registre científic o tècnic, perquè aquests àmbits cerquen la precisió i l'exactitud.

Però a la lectura també trobem paraules que tenen més d'un significat, com per exemple *reducció, afectar, treball, vida...*

La llengua és rica perquè vol reflectir el pensament dels éssers humans i fer possible la comunicació entre pensaments diferents. Allò que crea riquesa en una llengua és la gran quantitat de possibilitats que hi ha per expressar un concepte, un sentiment o una idea; i, fins i tot, el gran nombre de matisos que podem emprar per expressar una realitat concreta, per fer-la entenedora a d'altres persones.

Alguns dels fenòmens que afecten les relacions entre les paraules pel que fa al seu significat són la polisèmia, la sinonímia i l'antonímia.

La polisèmia

La **polisèmia** és la propietat de la semàntica per la qual un mot té significats (o accepcions) diferents, però entre ells hi ha una relació de semblança o d'analogia. Tenen un origen etimològic comú, i per això es recullen en una sola entrada en els diccionaris. Els diferents significats s'interpreten mitjançant el context en què s'utilitzen.

TREBALL

1 *1 m.* [LC] Acció de treballar, esforç sostingut. *Un treball físic, intel·lectual.*

1 *2 m.* [LC] Allò en què hom treballa. *Donar treball als obrers. Cercar treball.*

1 *3 m.* [LC] Obra produïda amb el treball, amb l'esforç, d'algú. *Els treballs de defensa han estat destruïts pels enemics.*

2 *1 m.* [SO] Activitat conscient de l'home orientada a obtenir els béns o mitjans per a satisfer les seves necessitats transformant la natura que l'envolta.

2 *2 m.* [LC] [ECT] Esforç humà aplicat a la producció de la riquesa. *Les lluites del capital i el treball.*

3 *1 m.* [LC] [FIF] Efecte d'una força en tant que venç una resistència, mesurat pel producte d'aquesta resistència pel camí recorregut en la seva direcció. *La unitat de treball és el joule.* [...]

Si mirem el context de l'oració «tots estem preocupats per les reduccions pressupostàries, que afecten el nostre *treball* i la nostra vida personal», l'autor s'està referint a la definició 1.2. (allò en què hom treballa).

La majoria de paraules que s'utilitzen en una llengua són polisèmiques, fet que respon al principi d'**economia lingüística:** com menys mots hàgim d'aprendre, millor.

La sinonímia

En aquest fragment, per no repetir el mot *crisi* l'autor ha escrit un sinònim, *forat*:

> No s'estan diagnosticant les causes últimes i inevitables d'aquesta *crisi*, les que fan que d'aquest *forat* on hem caigut [...]

Els mots **sinònims** són els que tenen el mateix significat o un de semblant.

L'ús dels sinònims aporta riquesa, precisió i varietat a la nostra expressió; a més, ens ajuda a evitar repeticions, cacofonies, etc.

Cal anar en compte perquè no tots els sinònims d'una paraula es poden utilitzar per a substituir-la en tots els contextos. Hi ha dues classes de **sinonímia: perfecta** o total, quan a diverses paraules els correspon un significat únic *(roig = vermell)*, i **imperfecta**, quan els mots tenen un significat molt semblant però diferent en algun aspecte o matís i només es poden intercanviar en alguns contextos; exemple: *cap/començament* (hi ha una accepció de *cap* que significa *començament*).

Els **sinònims perfectes dialectals** són paraules que signifiquen el mateix però que s'usen en diferents varietats geogràfiques del català.

Exemple: *sortir, eixir.*

També hi ha **sinònims parcials**, en què el seu ús depèn del **registre** de la llengua en què ens trobem. Dir-ne un o un altre dependrà del grau de formalitat de cada registre.

Exemple: *guillat, tocat del bolet, boig, foll.*

L'antonímia

Els mots **antònims** tenen un significat oposat o contrari: *curt/llarg, blanc/negre, enviar/rebre, sumar/restar*... La relació d'antonímia pot ser de diferents tipus:

- Hi ha antònims que presenten una gradació, perquè hi ha termes intermedis, per exemple *gran/petit* (intermedi: *mitjà*)
- Hi ha antònims que són complementaris perquè l'afirmació d'un implica la negació d'un altre, per exemple *viu/mort*.
- Altres antònims fan que un terme impliqui l'existència de l'altre, com ara *comprar* i *vendre*: si algú compra és perquè algú ven.

Activitats

21. Escriu el mot polisèmic corresponent a cada oració. Si cal canvia'n el nombre.

ploma – cor – boca – llengua – pilota

- Per Nadal sempre mengem .... amb l'escudella.
- La .... del ping-pong es fa malbé fàcilment.
- Aquest estiu vaig anar d'excursió a la .... d'una glacera a Noruega i va ser espectacular, però vam arribar amb la .... fora de tant caminar.
- Les persones bilingües parlen per igual dues .... .
- Pel meu aniversari m'han regalat una .... estilogràfica amb les meves inicials gravades.
- Les .... dels ocells els serveixen per volar.
- Quan t'acabis la poma llença el .... a la brossa.
- El .... del meu tiet va deixar de bategar quan va tenir un infart.
- Parlar amb la .... plena és de mala educació.
- Al costat de la .... del metro hi ha un forn de pa.

22. Emparella cada paraula amb el seu sinònim i després escriu-ne tu un altre. Pots consultar el diccionari.

rival – enganxar – endollar – rei – errar – indigent
equivocar – pobre – adversari – adherir – connectar
baralla – sobirà – fàcil – disputa – còmode

23. Dividiu la classe en grups de quatre membres i apliqueu la **tècnica cooperativa** del *trencaclosques*.

— Cada membre prepararà un dels conceptes que acabeu d'estudiar (1. La polisèmia; 2. La sinonímia; 3. L'antonímia).

— Els membres de cada grup que hagin triat el mateix concepte es reuniran i posaran en comú els seus coneixements (amb exemples il·lustratius).

— Finalment, cadascú retornarà al seu grup i explicarà a la resta el concepte que ha preparat i del qual s'haurà convertit en tot un expert.

24. Escriu un sinònim i un antònim de cada una de les paraules següents: *agitar, quietud, orientar, parlar, oportú, covard*. Pots consultar el diccionari si et cal.

Verbs transitius i intransitius

Els **verbs transitius** necessiten un complement directe per a tenir un significat complet.

Els **verbs intransitius** no necessiten un complement directe per tenir significat.

Hi ha verbs que poden ser transitius (1) o intransitius (2) depenent del sentit que es vulgui expressar.

1. *Els companys* ***corren*** *la cursa.*

2. *Els companys* ***corren*** *molt.*

Interferències amb el castellà

S'ha de vigilar amb els verbs següents perquè **en català** són **transitius**: *afectar, ajudar, avisar, escollir, escoltar, estimar, saludar, veure...*

Els verbs següents són **intransitius**: *agradar, callar, esmorzar, dinar, telefonar...*

A casa ***dinem*** *a les dues.*

Hem ***esmorzat*** *a quarts de dues.*

Han ***telefonat*** *a l'oficina.*

Predicat verbal: complement directe i complement indirecte. Pronominalització

El complement directe (CD)

Llegeix aquesta oració:

Les reduccions afecten el nostre treball.
Subjecte **Verb** **CD**

L'acció, expressada pel verb *afectar*, és realitzada pel subjecte *Les reduccions*, i l'acció recau sobre *el nostre treball*.

El **complement directe** és, per tant, l'objecte (persona, cosa...) sobre el qual recau directament l'acció expressada pel verb.

Hi ha verbs transitius que no necessiten el CD perquè el porten implícitament. Per exemple verbs com ara *llegir, cantar...*

La Mercè llegeix novel·les. *La Mercè llegeix.*

El complement directe pot estar format per:

- Un sintagma nominal: *Rento la roba amb sabó de color.*
- Un pronom: *La rento. Què vols? Vull això. T'he saludat a tu.*
- Una proposició subordinada substantiva: *La policia diu que ningú no pot sortir.*

Els complements directes **no** porten **preposició**, excepte en les oracions recíproques i amb els pronoms personals forts.

Es miren l'un a l'altre. *T'estimo a tu.*

També s'admet la preposició amb alguns pronoms, com ara *tothom, tots, totes, ningú*.

Vaig avisar a tothom. *No veig a ningú al parc.*

Identificació d'un CD

Podem identificar-lo:

- Fixant-nos en qui recau l'acció: en l'oració *Les reduccions afecten el nostre treball, el nostre treball* (CD) rep l'acció *afecta*.
- Transformant l'oració d'activa a passiva. Aleshores, el subjecte de l'oració activa passarà a ser el complement agent (Ag), introduït per la preposició *per*, i el CD serà el subjecte pacient de l'oració passiva.

Veu activa → ***Les reduccions*** *afecten* *el nostre treball.*
Subjecte verb CD

Veu passiva → El nostre treball és afectat **per les reduccions.**
Subjecte pacient verb Ag

- Substituint-lo pronominalment: *Les reduccions l'afecten.*

La substitució pronominal del CD

A l'hora de fer la substitució pronominal d'un CD hem de tenir em compte si es tracta d'un CD determinat, indeterminat, neutre o introduït per un pronom personal tònic.

Fixa't en aquests exemples:

Agafaran la poma. → L'agafaran.
Agafaran pomes. → N'agafaran.
Agafaran això. → Ho agafaran.
Agafaran el que voldran. → Ho agafaran.

CD determinat (introduït per articles, determinants demostratius o possessius)	***el, la, els, les*** El pronom *la* no s'apostrofa mai davant de *i, hi, u, hu* àtones.	*La Sandra mira el quadre. → La Sandra **el** mira.* *La Sònia llegeix aquella revista. → La Sònia **la** llegeix.* *El Jordi mira els meus rellotges. → El Jordi **els** mira.* *El Pol cultiva les roses. → El Pol **les** cultiva.* *El mag hipnotitza la seva ajudanta. → El mag **la** hipnotitza.*
CD indeterminat (introduït per un article indefinit, quantificador indefinit o quantitatiu, o sense determinant)	***en***	*Han comprat molt pa. → **N'**han comprat molt.* *Volen tres joguines. → **En** volen tres.* *Compon cançons. → **En** compon.* *Registreu dos nois. → Registreu-**ne** dos.*
CD neutre (*això, allò* o una proposició subordinada)	***ho***	*Escolten això. → **Ho** escolten.* *Empaqueten allò. → **Ho** empaqueten.* *Diuen que vindran a la festa. → **Ho** diuen.*
CD introduït per un pronom personal tònic (precedit per una preposició)	***em, et, es, ens, us, els***	***Em** pentino (a mi).* ***Et** porto (a tu) en el cotxe.* ***Ens** han saludat (a nosaltres).* ***Els** he vist (a ells).*

El complement indirecte (CI)

Fixa't ara en aquesta oració: *He enviat una postal als meus pares*
CI

La persona o la cosa que rep l'acció del verb, és a dir, el destinatari, és el **complement indirecte.** El CI sempre va introduït per la preposició ***a*** o ***per a***. Pot ser:

- Un sintagma preposicional (introduït per les preposicions *a* o *per a* + SN): *Tinc una feina per a tu.*
- Un pronom feble: *Li escriuré una carta.*
- Una oració subordinada substantiva: *Tinc una sorpresa per a qui la vulgui.*

La substitució pronominal del CI

Per fer la substitució, cal tenir en compte la persona i el nombre, NO el gènere.

	em	**et**	**li**	**ens**	**us**	**els**
persona	1a	2a	3a	1a	2a	3a
nombre	singular			plural		

*Rento la roba a la Marta. **Li** rento la roba.*

*Ensenyo la ciutat als turistes. **Els** ensenyo la ciutat.*

*Porto els pastissos per a vosaltres. **Us** porto els pastissos.*

ATENCIÓ

Per **norma general**, els pronoms febles van sempre **davant del verb** (proclítics). Aleshores, s'escriuen separats o apostrofats.

El porta. L'operen. La criden.

Però si el verb està en **imperatiu, infinitiu** o **gerundi**, obligatòriament, van al **darrere** (enclítics). S'escriuen amb **un guionet o un apòstrof.**

Compreu-los. Porta'l. Ajudar-lo.

Quan hi ha una perífrasi verbal o el verb està en passat perifràstic, és opcional escriure els pronoms davant o darrere del verb.

Hem de fer-ho. Ho hem de fer.
Li vaig dir. Vaig dir-li.

Recorda que els **pronoms s'apostrofen tan a la dreta com es pugui.**

El pronom feble ***li*** no s'apostrofa mai. Les combinacions ***la hi, se, us*** tampoc **no s'apostrofen.**

El CD i el CI en els verbs pronominals i els verbs reflexius

No hem de confondre els verbs reflexius amb els pronominals, que estan formats per un verb i un pronom feble sense valor sintàctic (és a dir, que no desenvolupa funcions de CD, CI...): *cansar-se, enrabiar-se, perdre's, penedir-se, preocupar-se...*

*Sempre **es preocupa** molt per tot.* (Verb pronominal)

En canvi, com ja hem vist, els pronoms febles que acompanyen els verbs reflexius i recíprocs sí que poden funcionar com a CD o CI:

*En Sam **es** renta. (Verb reflexiu)*
CD

*En Sam **es** renta la cara. (Verb reflexiu)* CD

La combinació pronominal de CD i CI

L'ordre general per escriure els pronoms febles és el següent:

se + **CI** + **CD** + CC + **verb**

verb + se + **CI** + **CD** + CC

La Clàudia dibuixa <u>el cavall</u> <u>per als seus pares</u>. → La Clàudia <u>els</u> <u>el</u> dibuixa.
CD (el) CI (els) CI CD

Tot i així, aquest ordre general té una excepció en què s'inverteix l'ordre. Això succeirà quan el **CD** sigui **definit** (el, la, els, les) i el **CI** sigui el de **3a persona del singular** (li). Llavors s'inverteix l'ordre (CD + CI) i el pronom **LI** es transformarà en **Hi**.

CD		**CI**		**CD+CI**	
el				l'hi	**L'hi** pinta. (Pinta el dibuix al seu germà.)
la	+	li	=	la hi	**La** hi porta. (Porta la cantimplora a la monitora.)
els		↓		els hi	**Els** hi va enviar. (Va enviar els paquets a la seva mare.)
les		hi		les hi	**Les** hi cantarà. (Cantarà les cançons a la seva àvia.)

Activitats

25. Identifica els complements directes (CD) d'aquestes oracions, si n'hi ha, i transforma les oracions actives en passives per demostrar que ho són.

- Tallen les patates a tires.
- El cor cantava aquelles cançons molt bé.
- La reunió de l'institut és dijous.
- El pintor que ha pintat el teu pis és el meu veí.
- Els reis m'han portat molts regals.
- Els nens han rigut molt en aquell espectacle.
- El metge de l'hospital visita cada dia els malalts més greus.
- Collirem el raïm passat festes.

26. Pronominalitza els CD que hagis trobat a l'exercici anterior. Fixa't en els temps verbals per saber si has d'escriure el pronom feble davant o darrere.

27. Digues quina funció sintàctica fan els sintagmes subratllats (CD, CI o atribut) i pronominalitza'ls amb el pronom feble que els correspongui.

- Embolica <u>el pollastre</u> amb paper film.
- Aquell senyor sembla <u>molt cansat</u>.
- Aquells arquitectes han edificat <u>això</u>.
- <u>Us</u> donaré <u>el regal</u>.
- Hauràs de donar la medicina <u>a la teva germana</u>.
- Hauràs de donar <u>la medicina</u> a la teva germana.
- El Dídac és <u>el meu nebot</u>.
- Han preparat uns plats exquisits <u>per als clients</u>.
- Han preparat <u>uns plats exquisits</u> per als clients.
- Avui jo portaré <u>l'Allende</u> al metge.
- La florista preguntava a l'asseguradora <u>què havia de fer després de firmar els papers</u>.
- La florista preguntava <u>a l'asseguradora</u> què havia de fer després de firmar els papers.

28. Digues quina és la funció sintàctica (CD o CI) dels pronoms destacats en les oracions següents.

- Us criden a sopar.
- Busca'ns per l'exposició.
- Acosta'm la sal, si us plau.
- Els vam trobar al restaurant xinès.
- El Pau es dutxa cada matí.
- T'obriran la porta si truques al timbre.

29. Llegeix bé aquestes oracions i completa els espais en blanc amb el pronom feble adequat i digues quin és el sintagma que substitueixen (l'antecedent).

- Comprarem el llibre ara o .... comprarem després?
- Això, ... entregarem a la sortida.
- On vas comprar...., el paraigua?
- .... tinc guardat a l'armari, els llençols.
- .... comprens clarament, tot el que et vull dir?
- El pobre Guillem, van enviar.... a treballar a París durant un mes.
- No .... diré pas, el que penso.
- El que ens proposàvem, vam aconseguir.... sense haver.... de despertar.
- Quantes vegades ....heu repetida, aquesta maniobra.

— Què passa amb el pronom *el* quan s'escriu darrere d'un verb que acaba en consonant o amb un diftong?

30. Completa els espais buits amb l'opció que consideris correcta. Tingues en compte que els CD per norma general no van precedits de preposició i els CI, sí.

- La Rosa s'estima .... (el Josep / al Josep) amb bogeria.
- He de telefonar .... (la companyia / a la companyia) per a fer una reclamació.
- A la biblioteca, no has de molestar .... (els lectors / als lectors).
- Aquestes tonteries agraden .... (tothom / a tothom).
- Han citat a declarar .... (l'acusat / a l'acusat).
- Han reunit .... (tota la població / a tota la població) per arribar a un acord.

31. Assenyala el CD i el CI d'aquestes oracions i substitueix-los per combinacions de pronoms febles.

— Fixa't bé en si segueixen l'ordre general o si són excepcions. Observa l'exemple:

Van regalar un ram de flors als guanyadors. →
CD (en) CI (els)

→ *Els en van regalar un. Van regalar-los-en un.*

- La Roser es pentina els cabells.
- Van denunciar el robatori a la policia.
- Han explicat l'accident a la premsa.
- Cada matí, el Joan es prepara una infusió.
- Els lladres han robat els diners al banc.
- Compreu un número de loteria al Pere.
- Han portat la planta per als avis.
- Ens llança floretes cada dia.
- Faig les comandes als botiguers.
- Van dir això al director.

32. Escolta la cançó següent de Joan Dausà i completa els espais en blanc amb les paraules que falten. Després respon les preguntes.

@ **http://links.edebe.com/xy9yap**

Llegint aquest diari **ho** veig clar.
Avui per fi **es** farà realitat.
Diu que els cranc tenim la lluna a favor,
que no dubti i provi sort amb l'amor.
Vindré amb un botó ....
i el gest de qui sap el que es fa.
M'.... amb la mirada, tan entregada
i .... en un mirall,
i amb la confiança que ....
avui l'encertarà.
Directe, entraré al teu despatx
"què **et** sembla si **et** convido a sopar?"
I acceptaràs. I acceptaràs. I acceptaràs.
En veure'**m** la mirada, tan entregada
i .... en un mirall,
i amb la confiança que ....
per fi **l'**encertarà.
I avui dormiré al teu costat.
No **ho** saps, però dormiré al teu costat.

— Explica quina funció sintàctica tenen els pronoms febles en negreta.

— Quina funció sintàctica tenen els sintagmes subratllats? Pronominalitza'ls sempre que es pugui.

ORTOGRAFIA

Les grafies o/u àtones

Llegeix en veu alta l'oració següent i fixa't en com es pronuncien les *o* i *u* que hi ha subratllades:

Com a investigadors, tots estem preocupats per les reduccions pressupostàries.

Com has pogut observar les *o* en posició tònica es pronuncien [Ɔ] o [O], com per exemple: *com*, *investigadors, tots, reduccions*. Però les *o* i les *u* en posició àtona es pronuncien igual, [u], com per exemple: *preocupats, reduccions, pressupostàries*. Per tant, hi ha la **neutralització** de dos sons ja que es pronuncien igual en el català oriental.

Per saber quan haurem d'escriure *o/u* en posició àtona, mira de resoldre els exercicis següents. T'ajudaran a recordar les normes ortogràfiques per escriure correctament.

Activitats

33. Completa les paraules següents amb *o* o *u* a final de paraula, tenint present la norma:

> Les paraules masculines que acaben amb el so [u] s'escriuen amb *o*. Però algunes d'origen culte i els grups acabats en: *-au, -eu, -iu, -ou* s'escriuen amb *u*.

adhesi....	caca....	lice....	cuir...
ferr....	corre....	porx....	pala....
muse....	banj....	ganx....	totx....
gerr....	trofe....	víde....	contin....
forr....	mic....	so....	resid....

— Escriu el plural de les paraules anteriors, tenint en compte que per norma general afegim una **–*s***.

34. A continuació, escriu el plural d'aquests noms i adjectius. Para atenció als canvis ortogràfics!

> Tingues en compte que en el plural afegim ***–os*** en les paraules que acaben en ***–s, –ç, –x, –ix, –tx, –sc, –st***.

misteriós	bust	baix	braç
perplex	embús	boig	text
fosc	gras	passeig	llis
esquitx	fracàs	mixt	reflex

35. Ara fes el plural dels mots següents tenint en compte que són **invariables**.

el cactus → els cact....	el hiatus → els hiat....
el globus → els glob....	el dijous → els dijo....
el focus → els foc....	el virus → els vir....

36. Completa la vocal que falta al final d'aquests verbs.

Jo recull.... .	Jo pens.... .	Jo planx.... .
Jo jug.... .	Jo trepitj.... .	Jo mir.... .

37. Tenint en compte tots els exemples anteriors, completa la norma ortogràfica:

> Al final de noms i adjectius:
>
> • Alguns noms i adjectius acabats en *–s, –ç, –x, –ix, –tx, –sc, –st* formen el plural afegint .... al singular.
>
> • Hi ha mots que acaben en .... i que presenten la mateixa forma en .... i ....; són invariables.
>
> • Alguns mots s'escriuen amb .... final i conserven aquesta vocal en el plural. Això passa en les paraules d'origen culte i en els grups que acaben en: *–au, –eu, –iu, –ou.*
>
> Al final de verbs:
>
> • La primera persona del present d'indicatiu s'escriu amb .... final en la majoria de verbs.

38. Localitza les paraules de la mateixa família, agrupa-les i completa amb *o* o *u* els espais buits. La paraula primitiva et dirà quina vocal porten les altres paraules de la mateixa família.

> f....m – deg....tar – f....llatge – f....c – d....tzena – s....c – p....ruc – f....rça – f....mera – carg....lar – balc.... – f....gonada – s....rdesa – g....ta – f....mador – f....rnera – carg....l – f....rçut – p....r – f....gó – d....tze – f....marada – carg....laire – balc....nada – f....rnejar – s....rd – f....rn – s....cosament – f....guera – balc....ner – f....lla – g....tera – s....cada – r...c – ens....rdir – esf....rçar – f....llaraca – s....cós – r....cada

39. Completa aquests verbs amb les vocals *o*, *u* a l'interior de paraula. En aquest cas, per saber quina vocal hem d'escriure, cal buscar la primera o tercera persona del present d'indicatiu.

- act....a → act....aré, act....ava, act....ar, act....ares
- pl....ro → pl....raria, pl....ràvem, pl....rat, pl....rem
- c....rdo → c....rdeu, c....rdaves, c....rdessis, c....rcaren
- b....ll → b....lliríem, b....llirem, b....lliu, b....llien

40. Els verbs *cosir, collir, sortir, tossir* i *escopir* s'escriuen sempre amb *o* en posició àtona, encara que la primera o tercera persona del singular del present d'indicatiu s'escrigui amb *u*. Tenint clara aquesta excepció a la norma, completa la vocal que falta en els espais buits.

- collir → c....ll, c....llim, c....lliré, c....llo, c....llia
- sortir → s....rto, s....rtirem, s....rt, s...rtires, s....rtim
- escopir → esc....p, esc....pírem, esc....píeu, esc....po, esc....pís

41. Escriu totes les formes del present d'indicatiu, del present de subjuntiu i de l'imperatiu dels verbs *poder* i *voler*. Tingues en compte que aquests dos verbs s'escriuen sempre amb *o*, excepte el present de subjuntiu, l'imperatiu i la primera persona del singular del present d'indicatiu.

42. Omple els buits que hi ha a les oracions següents amb *o* o *u* tenint en compte que aquestes paraules presenten interferències amb el castellà.

- El capít....l que explica els episodis de j....ventut del protagonista quan era còns....l és av....rrit.

- L'Eli es va torçar el t....rmell a la m....ntanya; era un t....rment sentir-la queixar-se d'un dolor ins....-portable.
- Va ser un tri....mf veure un m....ssol amb aquella tram....ntana que bufava tan forta.

43. Tenint en compte els exemples anteriors, completa la norma ortogràfica:

Per saber si hem d'escriure *o* o *u* a l'interior de mot:

- En noms, adjectius i adverbis busquem una paraula de la mateixa .... en què la .... o la .... es trobi en posició .... .
- En verbs busquem la .... o .... persona del singular del .... d'indicatiu.
- En el cas dels verbs ...., ..., ..., ... i .... escriurem amb .... les formes àtones encara que trobem .... en posició tònica en la primera o la tercera persona del singular del present d'indicatiu.
- Els verbs .... i .... s'escriuen amb .... en totes les seves formes excepte el present de subjuntiu, l'.... i la primera persona del present d'.... .

Dictat

44. Prepara aquest dictat i després respon les preguntes.

Instruccions per a fer un sudoku

El joc té com a objectiu omplir les cel·les buides amb una xifra a fi que cada fila, cada columna i cada regió continguin tots els números de l'1 al 9, sense repetir-ne cap. Per a solucionar un sudoku es poden fer servir les tècniques d'escaneig.

En primer lloc es poden escanejar les files per tal d'identificar quina línia (dins d'una regió concreta) pot incloure un número determinat per mitjà d'un procés d'eliminació. Aquest procés també s'aplica a les columnes. Per tal d'obtenir resultats més ràpids, els números es poden escanejar ordenadament, d'acord amb la seva freqüència d'aparició. Cal realitzar aquest procés de manera rigorosa i comprovar tots els dígits de l'1 al 9.

La següent tècnica d'escaneig consisteix a trobar els números perduts. És un recompte a partir de l'últim número descobert. Fer-ho així augmenta la velocitat de la recerca.

— Encercla totes les *o* i *u* àtones que trobis en el text. Classifica-les segons si aquestes grafies van a interior de paraula o al final.

— Escriu un mot de la mateixa família que *velocitat* i que *ordenadament* en què la mateixa vocal sigui tònica.

— Escriu mots derivats de *regió, recompte, resoldre* i *descobert.*

El Montseny és esmentat en el poema *La pàtria* d'Aribau com un dels elements que desperten la nostàlgia del poeta. El Romanticisme valorava el paisatge com a element identificador per a l'artista.

La Renaixença

La nostra literatura més culta va passar tres segles (del XVI al XVIII) d'una certa mediocritat, amb manca d'autors i obres de la talla dels precedents: Ramon Llull, Ramon Muntaner, Ausiàs March, Joanot Martorell... A més, les circumstàncies culturals i polítiques havien fet que el català quedés gairebé arraconat a l'àmbit popular i familiar. En el **segle XIX**, però, diverses personalitats i institucions van treballar activament perquè **la llengua i la cultura catalanes** recuperessin el seu **prestigi**. Aquest moviment es va anomenar Renaixença, i es va desenvolupar des de 1830 fins a 1890, aproximadament.

Quan la força la té el sentiment

Els fonaments d'aquest moviment es troben sobretot en el **Romanticisme**, que havia sorgit a Alemanya a la fi del segle XVIII i potenciava el **sentiment i la imaginació** per damunt de la raó i les normes en la creació artística. També exaltava el **passat medieval** de les nacions, lloc d'inspiració del patriotisme, així com valorava les llegendes, els mites i els costums, en definitiva, la **cultura popular**, anomenada *folklore* en la llengua anglesa.

Les idees romàntiques es van estendre per tot Europa i també van arribar a Catalunya, on revistes com *El Europeo*, *El Vapor* o El *Propagador de la Libertad* les van donar a conèixer. Va ser en la segona d'aquestes revistes on el 1833 es va publicar el famós poema ***La pàtria***, de **Bonaventura Carles Aribau**, que es va considerar l'inici simbòlic de la Renaixença. En ell, el seu autor, un català que treballava a Madrid, deia:

> Muira, muira l'ingrat que, en sonar en sos llavis
> per estranya regió l'accent nadiu, no plora,
> que en pensar en sos llars, no es consum ni s'enyora,
> ni cull del mur sagrat la lira dels seus avis!

Aribau, doncs, convertia la **llengua** en el principal **símbol del sentiment de catalanitat**, el qual, alhora que provocava enyorança, havia d'empènyer a escriure en català (expressat amb la metàfora *collir del mur sagrat la lira dels avis*). Ell no va ser el primer a tenir aquesta preocupació (abans ho havien fet, per exemple, Josep Pau Ballot i Antoni Puigblanch), però sí que va ser el primer d'expressar-ho d'una forma tan clara i contundent.

Mirar el passat per construir el present

Aquest afany es va manifestar en molts escriptors i també en institucions com per exemple els **Jocs Florals**, un concurs poètic ja existent a l'Edat Mitjana que es va recuperar el 1859 i va esdevenir un focus literari cabdal.

La producció cultural de la Renaixença es va caracteritzar per:

— La recuperació de l'ús del català com a llengua literària.

— L'exaltació de la història medieval de Catalunya i de la seva literatura.

— L'interès per recuperar la literatura popular catalana.

— La presència d'elements nostàlgics en la literatura.

— La valoració del paisatge com a element identificador per a l'artista i per a Catalunya.

Excursionisme i Renaixença

Les figures de la Renaixença i el catalanisme posterior van trobar en l'excursionisme una de les vies més directes per arribar a conèixer Catalunya i recollir les manifestacions de la literatura popular. Un dels exemples més clars el tenim en Jacint Verdaguer, *mossèn Cinto*, que va fer diverses excursions als Pirineus, fruit de les quals van ser narracions i poemes, com ara *Canigó*. Un altre autor destacat en aquest terreny va ser Carles Bosch de la Trinxeria, amb *Records d'un excursionista* (1887).

El català torna a la primera fila de la literatura

Un dels objectius de la Renaixença era aconseguir que es conreessin tots els gèneres literaris en català, des de la poesia fins al teatre, passant per la narrativa. Era un projecte ambiciós tenint en compte la situació de la cultura catalana, amb una manca de públic lector en la nostra llengua, fet que frenava les iniciatives editorials, acostumades a publicar en castellà. Malgrat tot, l'ambient literari creat durant la segona meitat del segle XIX va propiciar l'aparició de tres autors de gran categoria, un en cada gènere.

— **Jacint Verdaguer, el poeta del poble.** D'origen humil, aquest sacerdot de la plana de Vic va néixer el 1845. Estava dotat d'un geni i talent innats per a la composició de versos, i va saber combinar la seva sòlida formació humanística amb el coneixement de la literatura popular. El resultat va ser una obra poètica excel·lent que va contribuir d'una manera cabdal a la recuperació del català com a llengua literària.

> Lo Canigó és una magnòlia immensa
> que en un rebrot del Pirineu se bada;
> per abelles té fades que la volten,
> per papallons los cisnes i les àligues.
>
> *Canigó* (1888)

Va guanyar diversos premis en els Jocs Florals. Les seves principals obres són *L'Atlàntida* i *Canigó* (poemes èpics), *Pàtria* (poema patriòtic) i *Idil·lis i cants místics* (poema religiós). En prosa destaca *Excursions i viatges*. Verdaguer va morir el 1902.

— **Narcís Oller, la realitat narrada.** La narrativa era el gènere amb més dificultats de recuperació però va trobar en l'obra d'Oller la culminació d'un lent procés de consolidació. Nascut a Valls el 1846, va estudiar Dret i va treballar en l'advocacia. Les narracions d'Oller retraten fidelment la societat catalana de l'època.

> La Rambla estava animadíssima. Els passejadors es paraven, s'eixamaven, sense voler, amb el vesper negrós de curiosos que s'havia format davant del Liceu.
>
> *La febre d'or* (1890-1892)

Va escriure reculls de contes, com *De tots colors*, i novel·les, entre les quals destaquen *La papallona*, *L'Escanyapobres*, *La febre d'or*, *La bogeria* i *Pilar Prim*. Les seves obres són realistes, amb ressons romàntics, però *La papallona* i *La bogeria* tenen elements naturalistes.

— **Àngel Guimerà, de la tragèdia al drama.** Va néixer a Santa Cruz de Tenerife l'any 1845 de mare canària i pare català, un comerciant del Vendrell, però retornaren a Catalunya l'any 1853. Inicialment Guimerà va escriure poesia, però va destacar sobretot com a autor teatral. Va morir a Barcelona l'any 1924. En la seva obra trobem dos subgèneres teatrals: la **tragèdia històrica** i el **drama realista**. En el primer, amb obres com *Mar i cel*, situa l'acció en escenaris medievals i exòtics, i els personatges són herois i donzelles que protagonitzen intrigues passionals. En el segon, amb *Maria Rosa* i *Terra baixa* entre d'altres, mostra problemes socials com a rerefons d'un conflicte amorós; els escenaris són més contemporanis.

> MARTA: No; perdonar-me així, no! Que tu em perdones perquè no ho saps tot encara. Doncs a saber-ho al punt, i per mi mateixa. I després lo que Déu vulga!
>
> MANELIC: No, no; abans anar-me'n. Anar-me'n d'aquí per sempre!
>
> *Terra baixa* (1897)

Monestir de Sant Martí del Canigó. Jacint Verdaguer el va visitar per primer cop el 1879, i el trobà en un estat ruïnós. L'any següent va escriure «Los dos campanars», origen del seu gran poema èpic *Canigó*.

Tres claus per entendre els autors de la Renaixença

— **Verdaguer** mostra el seu romanticisme a través del seu temperament idealista, l'atracció per la natura, la concepció romàntica de la poesia, el nacionalisme i l'enyorança com a font d'inspiració.

— **Narcís Oller** tot i que va començar escrivint en castellà, es va decantar pel català perquè volia dotar de realisme als seus escrits.

— La biografia de **Guimerà** va influir força en la seva obra, especialment néixer fora de Catalunya i fora del matrimoni, és a dir, quan els seus pares encara no eren casats. Això fa que hi apareguin personatges condicionats pel seu origen i presoners entre dues cultures.

45. Llegeix el pròleg de *Poesies* (1841) escrit per Joaquim Rubió i Ors, un dels iniciadors de la Renaixença, i respon.

> Catalunya fou per espai de dos segles la mestra en lletres de los demés pobles; ¿perquè puix no pot deixar de fer lo humiliant paper de deixeble o imitadora, creant-se una literatura pròpia i a part de la castellana? ¿Perquè no pot restablir sos jocs florals i sa acadèmia del gai saber, i tornar a sorprendre al món amb sa tensons, sos cants de amor, sos sirventeses i ses aubadas? Un petit esforç li bastaria per reconquistar la importància literària de que gosà en altres èpoques, i si Déu permetés que esta idea se realitzés algun dia, i que los genis catalans despengessin las arpes dels trobadors que han estat per tant temps oblidades...

— Quina és la idea principal del text?

— Digues quines propostes concretes fa Rubió per recuperar la literatura en català.

— L'autor fa referència a un període de la nostra literatura. Quin? Com l'esmenta?

46. Llegeix aquesta estrofa i mitja de *La pàtria* d'Aribau i respon les preguntes que segueixen.

> Adéu-siau, turons, per sempre adéu-siau,
> oh serres desiguals, que allí, en la pàtria mia,
> dels núvols e del cel de lluny vos distingia,
> per lo repòs etern, per lo color més blau.
> Adéu, tu, vell Montseny, que des ton alt palau,
> com guarda vigilant, cobert de boira e neu,
> guaites per un forat la tomba del Jueu,
> e al mig del mar immens la mallorquina nau.
>
> Plau-me encara parlar la llengua d'aquells savis
> que ompliren l'univers de llurs costums e lleis,
> la llengua d'aquells forts que acataren los reis,
> defengueren llurs drets, venjaren llurs agravis. [...]

— Assenyala les característiques de la Renaixença que es fan paleses en aquest versos.

— Explica les dues metàfores de la primera estrofa.

— A quina època i fets de la nostra història es refereix la segona estrofa?

— Assenyala dos exemples d'hipèrbaton.

— Indica la mètrica i la rima dels versos.

— *La pàtria* és una oda: informa't sobre aquest tipus de composició poètica.

47. Ara llegeix aquesta estrofa de *Canigó*.

> Doncs, què us heu fet, superbes abadies, Marcèvol, Serrabona i Sant Miquel, i tu, decrèpit Sant Martí, que omplies aqueixes valls de salms i melodies, la terra d'àngels i de sants lo cel?

— Explica el significat d'*abadia*, *decrèpit* i *salm*.

— Quin tòpic literari hi trobes? Explica'l.

— Indica els dos recursos morfosintàctics més destacats que ha emprat el poeta.

48. Poemes de Jacint Verdaguer com *L'emigrant* i el *Virolai* han esdevingut cançons populars a Catalunya.

— Busca-les, escolta-les amb atenció i fes-ne una fitxa informativa (intèrpret, lletra, tema que tracta i altres dades que trobis).

— Pots afegir-hi alguna cançó més, com ara *Noguera i Garona* o *Lo comte Arnau*. Mira aquest web:

www.musicadepoetes.cat/

49. En la novel·la *L'Escanyapobres* Narcís Oller fa una acurada descripció de l'Oleguer, l'avar protagonista.

> Era altot i ossut, però magre i cappetit. Com a bon moreu, tenia negres els cabells, sempre arranats, i eren tambe negres nines les dels seus ulls, fredes i escorcolladores mentre escoltava, guspirejants o dolces quan la seva paraula ho requeria. Gairebé barbamec, tenia, no obstant, gruixudes celles, unides sobre el seu nas llarguet i cantellut. Però el que més caracteritzava aquella figura era la boca, tirada endavant com la del furó, amb els seus llavis tan prims i cenyits a l'os, que no podia badar-los sense fer l'efecte que ensenyava les dents per mossegar.

— Identifica els adjectius utilitzats en la descripció de l'avar i classifica'ls en objectius i subjectius.

— Amb quin animal se'l compara? Per què? Dibuixa l'Oleguer a partir de la seva descripció.

— Busca informació sobre el realisme i comenta la seva relació amb l'obra d'Oller.

50. Visualitza aquest documental sobre Àngel Guimerà:

http://links.edebe.com/i2zk9

— Quina és la seva obra més coneguda? Per què?

51. Pensa en un paisatge o edifici que et generi uns sentiments especials. Fes-ne una foto i a partir d'ella escriu un poema o un text en prosa poètica, com si fossis un autor romàntic però situat al segle XXI.

Ai, els romàntics...!

Ja has après que els fonaments de la Renaixença catalana es troben en el Romanticisme, un corrent cultural que va néixer al segle XVIII però que continua molt vigent avui dia. Però... què significa ser romàntic?

Jane Austen

Descobrim el Romanticisme amb Jane Austen

A partir de dues escenes d'una mateixa pel·lícula deduiràs algunes característiques del moviment romàntic. Comprovem-ho!

1. *Una escriptora romàntica*

Per començar, cercarem informació sobre l'escriptora Jane Austen i sobre una de les seves obres més conegudes.

— Busca informació sobre l'escriptora britànica i la seva obra. Quina és la seva relació amb el moviment romàntic?

— *Orgull i prejudici* és la novel·la més popular de l'autora. Cerca quin és el seu argument, ja que les escenes que veuràs pertanyen a una de les versions cinematogràfiques que se'n han fet, la de l'any 2005.

2. *El Romanticisme en escenes*

Visiona dues escenes corresponents a la versió cinematogràfica de l'obra *Orgull i prejudici*. Observeu sense perdre'n detall!

— Mira l'escena següent a través d'aquest enllaç i respon les preguntes:

http://links.edebe.com/34crs4

- Fixa't en com parlen els personatges. En quin to s'adrecen l'un a l'altre?
- Quin impacte té la natura que els envolta en l'escena?
- Quin és l'estat d'ànim que se'n desprén? Són apassionats?

— Ara mira aquesta segona escena:

http://links.edebe.com/e4xea

- Quin és el to de la conversa?
- Quina importància adquireix ara la natura en relació al to de la conversa?
- El temps climatològic i la natura lliguen amb l'estat d'ànim dels personatges? Compara-ho amb la primera escena.

3. *A partir d'aquí... deduïm?*

Després de tota aquesta experiència i de les sensacions que has experimentat, sabries deduir quines són les característiques del moviment romàntic?

— Escriu amb les teves paraules un manifest exaltant les característiques d'aquest moviment.

No és estrany que Bonaventura Carles Aribau s'hi sentís atret pel Romanticisme europeu, no creus?

SÍNTESI

El text predictiu

Els textos predictius informen sobre fets que podrien succeir en el **futur**, basant-se en situacions i circumstàncies actuals i en observacions objectives o subjectives. **Temps verbals** predominants: **futur i condicional.** Aquests textos es troben en les previsions meteorològiques, les profecies, els programes electorals, l'horòscop...

Polisèmia, sinonímia i antonímia

- **Polisèmia:** propietat semàntica per la qual un mot té més d'un significat.
- Els **mots sinònims** són els que tenen el mateix significat o un de semblant. Hi ha la **sinonímia perfecta** (a diverses paraules els correspon un significat únic: *roig/vermell*) i **sinonímia imperfecta** (paraules de significat molt semblant però diferent en algun aspecte o matís; per tant, no es poden intercanviar en alguns contextos: *cap/començament*).
- **Mots antònims:** tenen un significat oposat o contrari.

Predicat verbal: CD i CI. Pronominalització

El **complement directe (CD)** és l'objecte (persona, cosa...) sobre el qual recau directament l'acció expressada pel verb. A l'hora de pronominalitzar un CD s'ha de tenir en compte si el sintagma és determinat: *el, la, els, les*; si és indeterminat: *en*; si és el pronom demostratiu neutre (*això* o *allò*) o una oració subordinada substantiva: *ho*; si és un pronom personal tònic introduït per una preposició: *em, et, es, ens, us, els*.

El **complement indirecte (CI)** és l'objecte o persona destinatari de l'acció. Per pronominalitzar un CI observem la persona i el nombre; els pronoms febles són: *em, et, li, ens, us, els*.

Les grafies *o/u* àtones

En el català oriental, en posició àtona, les grafies *o, u* es pronuncien [u].

- **A l'interior de paraula:** escrivim la mateixa vocal que en els mots de la mateixa família. En els verbs cal fixar-se en la tercera persona del present d'indicatiu.
- **A final de paraula:** s'escriu *o* en la majoria de mots masculins i en la primera persona del present d'indicatiu dels verbs regulars. S'escriu *-os* en el plural dels mots masculins acabats en *–s, –sc, –ç, –sp, –st, –xt, –tx, –ig, –x, –ix*. S'escriu *u* en alguns mots, com *ateneu*, i en mots invariables acabats en *–us*.

La Renaixença

Moviment cultural (vers 1830-1890) en què diverses personalitats i institucions van treballar perquè la llengua i la cultura catalanes recuperessin el seu prestigi. Autors més destacats: Jacint Verdaguer (poesia), Narcís Oller (narrativa), Àngel Guimerà (teatre).

Activitats finals

El text expositiu. El text argumentatiu. El text predictiu

1. Llegeix els textos següents i digues a quina tipologia textual pertanyen: text expositiu, text argumentatiu o text predictiu. Argumenta la teva resposta.

a. Del 5 al 8 de maig del 2016 se celebrarà el 34è Saló Internacional del Còmic de Barcelona. Tindrà lloc a la planta baixa i superior del Palau 2 i a la Plaça de l'Univers. L'accés es realitzarà per Avinguda Reina Maria Cristina. El recinte del certamen tindrà aproximadament 36 000 m^2. Les entrades es podran adquirir a les taquilles del Saló del Còmic situades a la Plaça Espanya. L'entrada serà vàlida únicament per a una persona i un dia.

b. El Saló del Manga de Barcelona és un esdeveniment sobre *manga, anime* i cultura japonesa organitzat per Ficomic, que se celebra anualment a la Fira de Barcelona. És un esdeveniment enfocat en els còmics japonesos més importants d'Espanya; li segueixen l'Expomanga de Madrid i el Salón Manga de Jerez.

c. Hi ha exposicions per a tots els gustos. A mi, personalment, no m'hi trobareu perquè és un estil de lectura força diferent del que m'agrada. Més que un estil de lectura és tot un món que gira al voltant de tots els personatges manga. Moltes de les persones que hi van són fanàtics d'aquests dibuixos i, fins i tot, hi van disfressats.

El significat variable de les paraules

2. Relaciona els conceptes següents amb les seves definicions i escriu un exemple per cada un d'ells.

Metàfora	a. Recurs que consisteix a designar una cosa amb el nom d'una altra amb la qual manté una relació necessària (de continuïtat).
Eufemisme	b. Recurs que consisteix a atribuir qualitats pròpies dels humans a animals, coses o conceptes.
Anàfora	c. Paraula o expressió que s'utilitza en el lloc d'una altra que es considera malsonant o que té una connotació no adequada.
Metonímia	d. Recurs consistent a repetir el mateix mot al començament de successives clàusules o versos.
Personificació	e. Recurs que consisteix a emprar un mot que expressa literalment una cosa per a expressar-ne una altra que té una certa semblança amb aquella.

Les categories lèxiques

3. Llegeix el fragment següent i respon les preguntes.

— Indica la categoria lèxica de les paraules subratllades.

— Escriu les oracions que tinguin un verb copulatiu, analitza les funcions sintàctiques i pronominalitza-les.

— Indica les categories lèxiques i l'estructura d'aquest sintagma nominal: *una bonica història d'amor*.

— Busca en aquest fragment dos verbs transitius, dos verbs intransitius i un verb pronominal.

— Marca tots els determinants que hi ha en aquest fragment i indica de quin tipus són.

Lleó: T'agraden els reptes perquè et creixes davant d'ells, aquests dies tindràs l'oportunitat de demostrar-ho a tothom. Els viatges seran molt importants perquè pots conèixer algú que es pot convertir en una peça clau de la teva vida. El millor dia de la setmana serà el dimarts.

Peixos: Estaràs tranquil i sorgiran noves oportunitats perquè puguis ser feliç. Amb Venus en el teu signe pots tenir l'oportunitat de viure una bonica història d'amor o renovar la relació que mantens, amb sentiments profunds i una nota de passió. El millor dia de la setmana serà el dijous.

L'accentuació. L'accent diacrític. La dièresi. La vocal neutra

4. Escriu tots els accents i les dièresis que falten en aquest text.

— ...Una vident —diu ella—, si, si, vident, d'aquestes que diuen que poden veure el futur. I em diu «porta la ma». Jo no em creia res, pots comptar. Dic: «Te la ma, com si vols el peu». I es posa a llegir-me la ma. Que si la linia de la vida, que si la vida dels fills. Diu: «Tu tindras una vida curta». Dic: «Vida curta? Doncs ara no et pago!». Diu: «Que no em pagues?» Dic: «Que no et pago». Ospati, com es va emprenyar. A mi em sembla que les vidents s'haurien de limitar a donar les bones noticies. Es de molt mala educacio dir-li a una persona «tu et moriras aviat», vaja, em sembla... Doncs es exactament el que em va dir. La deixo alla plantada, enmig de la Rambla, i es queda cridant malediccions: «Tu et moriras jove!». [...] El cotxe que hi ha mes a prop es el 304, conduit pel Roger Dueso, que ara connecta la sirena i tota la lluminaria d'arbre de Nadal del sostre i accelera.

Andreu Martín, *La nit que Wendy va aprendre a volar*. Bromera

5. Escriu aquestes oracions en plural o en singular segons convingui. Marca els canvis ortogràfics que hagis hagut de fer.

- Pujar aquesta muntanya és una experiència intensa.
- Les catàstrofes són imprevisibles.
- L'única idea bona era la teva.
- L'esperança mai no s'ha de perdre.
- Els lladres caminen de puntetes.
- He comprat una esponja negra.

Posa a prova les teves competències

Les gràfiques

L'any 2015 pot passar a la història com el més càlid a escala planetària i el quart més càlid a Catalunya

En aquestes jornades en què el futur del clima del planeta centra el punt d'atenció, pels acords vitals que poden sortir de la COP21 (Conferència de l'ONU sobre el canvi climàtic, París, desembre 2015), el Servei Meteorològic de Catalunya treu a la llum un informe que anuncia que aquest 2015 pot ser el quart més càlid des del 1950.

S'han analitzat 15 sèries de temperatures mitjanes mensuals de 15 punts de Catalunya en el període 1950-2015. Ara per ara, amb dades de gener a novembre, la temperatura mitjana enguany és de 15,2 °C, un grau i mig per sobre dels valors normals. Aquest excés de temperatura, d'aquest 2015, i la suavitat tèrmica del desembre duen el SMC a concloure que és molt probable que sigui el quart més càlid des que hi ha registres.

També s'han analitzat les temperatures mitjanes agrupades en cinc anys. El resultat mostra clarament com el quinquenni 2011-2015 ha estat clarament el més càlid en tot el país, amb una anomalia de +1,37 °C.

Temperatura mitjana anual a Catalunya (GEN a NOV)

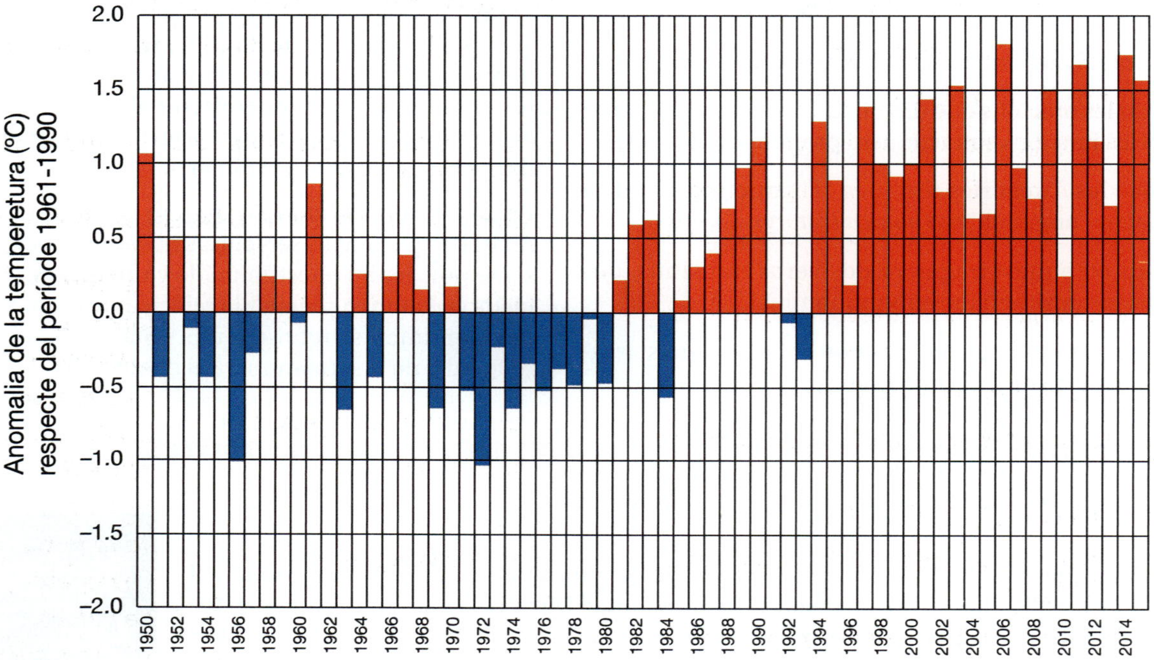

1. Digues si les afirmacions següents són vertaderes o falses.

	V	F
• El 2015 pot ser el quart any més càlid a Catalunya.	☐	☐
• El 1950 fou el primer any més càlid.	☐	☐
• S'han analitzat 15 sèries de temperatures mitjanes mensuals a 15 punts del territori espanyol entre el 1950 i el 2015.	☐	☐
• La temperatura mitjana de l'any 2015 fins al novembre és de més de 12 °C	☐	☐
• El quinquenni 2011-2015 ha estat clarament el més càlid de tot el país.	☐	☐

2. Observa la gràfica i respon:

— Què indiquen les barres de color vermell i les de color blau?

— Per què hi ha les barres vermelles cap amunt i les blaves cap avall?

— Creus que la tria dels colors vermell i blau ha estat aleatòria? Per què ho creus?

— Quin any vam tenir la temperatura més baixa? A quants graus van arribar?

— I la més alta, quan va ser? Quina va ser la temperatura màxima?

3. Es pot considerar que és un text predictiu? Raona la teva resposta.

4. A la gràfica pots veure com han anat variant les temperatures des de 1950. Escriu la teva predicció de les temperatures a Catalunya per als propers cinc anys.

5. Busca en el text cinc paraules polisèmiques i escriu les diferents accepcions o significats que poden tenir.

6. Escriu un sinònim o locució sinonímica d'aquestes paraules que apareixen en el text: *treure a la llum, informe, enguany, concloure, segur, analitzat*.

7. Llegeix aquestes oracions i torna-les a escriure amb l'antònim de les paraules subratllades.

- La meva padrina sempre recorda el meu aniversari.
- El semàfor està molt baix i costa de veure'l bé.
- Aquell pollastre estava una mica massa cru.
- La diada de Sant Jordi és un dia laborable.
- L'Anna va estalviar molts diners per reis.
- El nou alumne de la classe és molt tímid.
- Els fideus que has fet els trobo una mica dolços.

8. Determina les funcions sintàctiques dels sintagmes subratllats i pronominalitza'ls.

- El Servei Meteorològic de Catalunya edita un informe.
- Aquest 2015 pot ser el quart més càlid.
- Han analitzat 15 sèries de temperatures mitjanes mensuals.
- La temperatura és de 15,2 °C.
- Els meteoròlegs han explicat aquestes dades a la població de Catalunya.
- El quinquenni 2011-2015 ha estat el més càlid.
- La gràfica mostra les temperatures als catalans.
- Un informe detallat anuncia això als meteoròlegs.

9. Completa amb *o* o *u* el text següent.

Si p....guessin entendre...

Va at....rar la petita mot...., va p....jar a la v....rera i la va pr....tegir amb la cadena i el cadenat. Aquest cop sí que es va end....r el casc i va p....sar-hi les cla....s a dins, com ac....stumava a fer sempre. Una cosa era carregar-lo a la f....nerària i una altra córrer més risc....s. Un casc valia uns diners que no tenia. De fet, el casc ni tan sols li pertanyia. [...]

Mentre p....java amb l'ascensor es va dirigir un fals s....mri....re a si mateix. La imatge del mirall l'hi va t....rnar amb un cert patetisme.

No p....dia explicar res a casa. Se n'assabentarien ig....alment, però això li d....naria un marge, uns dies.

Jordi Sierra i Fabra, *Tester*. Ed edebé

10. Enumera les característiques de la producció cultural de la Renaixença.

11. Relaciona cada autor amb les seves obres literàries.

Bonaventura Carles Aribau	*La febre d'or*
Narcís Oller	*Mar i cel*
Àngel Guimerà	*L'Atlàntida*
Jacint Verdaguer	*La papallona*
	Idil·lis i cants místics
	Maria Rosa
	Pilar Prim
	Terra Baixa
	La bogeria
	La pàtria
	L'Escanyapobres
	Canigó

Reflexiona

Diari d'aprenentatge

—Per què és important enriquir el teu llenguatge amb l'ús de sinònims, antònims i paraules polisèmiques?

—Imagina una llengua sense cap norma i que tothom escribís com volgués. Ens entendríem?

—Què és el que has trobat més complicat a l'hora de fer la pronominalització del CD i del CI?

L'origen de les llengües romàniques

Que les llengües estan interconnectades és un fet que es pot comprovar fàcilment si ens fixem en el català i en els idiomes del seu entorn. T'has adonat, per exemple, que el castellà diu *árbol* on nosaltres diem *arbre*? O que el francès diu *fenêtre* on nosaltres diem *finestra*? És evident que aquestes **paraules s'assemblen**, malgrat les petites diferències, i això és degut al fet que provenen d'una mateixa llengua, una **llengua mare**, el llatí. Però, per què tenint un mateix origen les llengües s'han anat fent diferents? Vegem-ho.

La llengua d'un Imperi

La conquesta de l'àrea mediterrània pels exèrcits de Roma no només va comportar un domini militar, polític i econòmic sinó també cultural i lingüístic. Els romans, quan colonitzaven un territori, hi implantaven també la seva llengua, el **llatí**, a través dels soldats, els comerciants, els obrers, els funcionaris... Era molt pràctic emprar un sol idioma d'un cap a l'altre de l'Imperi, això afavoria el seu bon funcionament.

Els pobles conquerits, per la seva banda, quedaven enlluernats per la superioritat tecnològica dels llatins i per la seva cultura, i després d'un període de bilingüisme, **adoptaven** la **nova llengua** i deixaven la seva. Això succeí sobretot als territoris de la riba nord de la Mediterrània, els més **romanitzats**, on a l'Edat Mitjana van aparèixer les llengües romàniques.

De Roma, romàniques

Malgrat aquesta uniformitat, el llatí vulgar parlat als diferents territoris o províncies va anar adquirint una sèrie de **particularitats** que, cap al segle IX, van fer aparèixer un seguit de llengües emparentades però diferents fonèticament, lèxicament...; són les **llengües romàniques**, família lingüística a què pertany el català:

català	castellà
gallec	portuguès
francès	occità
italià	sard
romanès	retoromànic

Hi ha altres llengües romàniques que també cal esmentar però que, per diverses circumstàncies, no han assolit el desenvolupament de les que hem citat anteriorment; ens referim, per exemple, a l'**aragonès** i a l'**asturlleonès**, que encara es parlen, o al **dàlmata**, que ja ha desaparegut. El territori on van sorgir totes aquestes llengües derivades del llatí es coneix com la **Romània lingüística**.

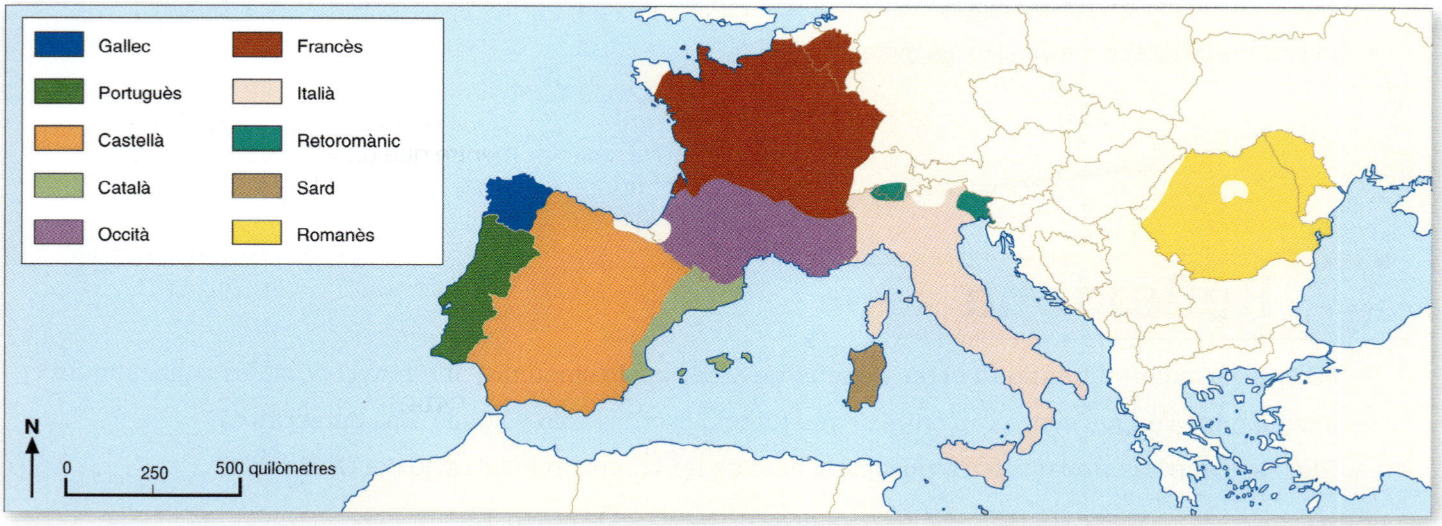

Com es van formar

L'esmicolament del llatí en diverses llengües es va deure a quatre factors: la **intensitat de la romanització** (procés d'implantació de la llengua i de la cultura romanes); la **procedència** dialectal i social dels colonitzadors; l'influx de l'**idioma propi**; i finalment, el **contacte amb llengües** que arribaren **després** del llatí.

Vegem amb més detall el tercer i el quart factors, anomenats substrat i superstrat:

- **Substrat:** les llengües que parlaven els pobles que van ser conquerits van influir de diferents maneres en el llatí; ens referim a l'**iberobasc** a Hispània, el **cèltic** a la Gàl·lia (actual França) o l'**etrusc** a la Toscana (a Itàlia). La influència va ser en la fonètica, en el lèxic no fonamental i en la toponímia. Així, l'iberobasc va deixar en el lèxic català paraules com *bassa, carabassa, esquerra, pissarra*...
- **Superstrat:** es tracta de la influència, posterior a la desaparició de l'Imperi romà (segle v), dels diferents idiomes amb què les antigues províncies romanes estigueren en contacte; són l'**àrab** en les llengües ibèriques, l'**eslau** en el romanès o el **germànic** en el francès.

El català, per exemple, té nombrosos mots derivats del germànic (*blau, espia, guanyar, guerra*...), i també de l'àrab (*albergínia, carxofa, quitrà, safrà, sucre*...).

Camp d'arròs al delta de l'Ebre.
La paraula *arròs* deriva de l'àrab.

- Un altre factor que cal esmentar és l'**adstrat**, és a dir, les llengües que, a partir de l'Edat Mitjana han fet aportacions al català: castellà, occità, llengües indígenes americanes, francès, italià, anglès...

D'orient a occident

Per comprendre millor com són les llengües romàniques i com van evolucionar, ens ajudarà saber que des del **punt de vista fonètic**, la Romània lingüística es divideix en dos grans blocs: l'occidental i l'oriental.

Romània occidental

català, castellà, francès, occità, portuguès, retoromànic, sard

- Sonoritzen les consonants oclusives sordes que van entre vocals: *p* → *b*, *t* → *d*, *k* → *g*.

  PETRA → *pedra, piedra*

- Mantenen la *-s* en el plural (procedeix de l'acusatiu plural del llatí):

  PETRAS → *pedres, piedras*

Romània oriental

italià, romanès

- Conserva les consonants oclusives (*p, t, k*)

  PETRA → *pietra* (italià), *piatra* (romanès)

- No manté la *-s* en la formació del plural.

  PETRAS → *pietre* (italià, romanès)

MORFOLOGIA

- Absència del partitiu:
  Vull pa. (català)
  Quiero pan. (castellà)
- Ús del partitiu:
  Je veux ***du*** *pain.* (francès)

Llatí arcaïtzant o llatí modern

Un altre element que permet comparar les nostres llengües i entendre la seva formació és que en unes parts del territori el llatí que més pes hi va tenir va ser el llatí arcaïtzant i en unes altres el llatí modern.

Efectivament, el llatí arcaïtzant va influir més en els territoris més allunyats de Roma, on van sorgir el portuguès i el castellà, mentre que on va aparèixer el català, el francès i l'occità, va ser el llatí més modern. Vegem aquests exemples:

LLATÍ ARCAÏTZANT	CASTELLÀ	PORTUGUÈS	
METUS	*miedo*	*medo*	
VOTA	*boda*	*boda*	
LLATÍ MODERN	**CATALÀ**	**FRANCÈS**	**OCCITÀ**
PAVORE	*por*	*peur*	*paor*
NUPTIAE	*noces*	*noces*	*nòças*

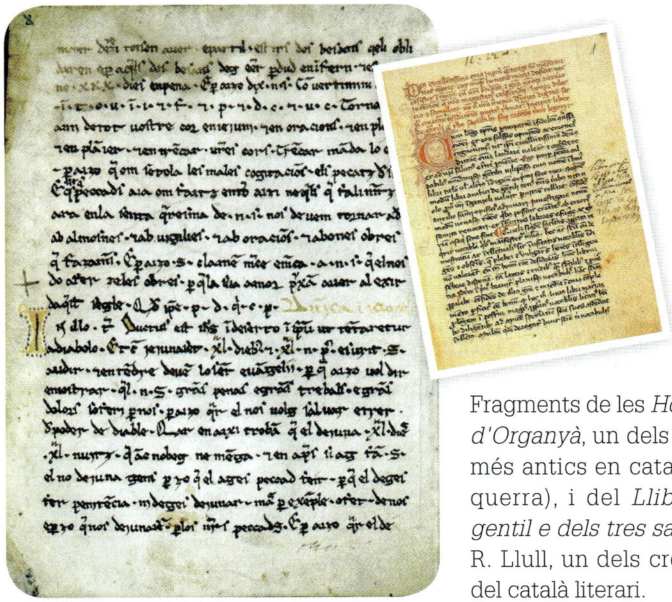

Fragments de les *Homilies d'Organyà*, un dels textos més antics en català (esquerra), i del *Llibre del gentil e dels tres savis*, de R. Llull, un dels creadors del català literari.

Llengües iberoromàniques o gal·loromàniques

Una altra anàlisi ens permet classificar les llengües romàniques occidentals en dos grups: les iberoromàniques, és a dir, les aparegudes a la **península Ibèrica** (castellà, gallec i portuguès) i les gal·loromàniques (francès, occità), que es van originar a la **Gàl·lia** (actual França). Aquesta proximitat geogràfica es va traduir en l'existència de trets comuns, alguns dels quals ja s'han apuntat en l'apartat anterior.

I el **català**? No és pas una llengua de la Península ibèrica? Sí, però els estudis més recents diuen que el català comparteix trets amb els dos grups, per la qual cosa es diu que és una **llengua pont**: el lèxic bàsic és gal·loromànic però la morfologia és iberoromànica; fixa't en aquests exemples:

LÈXIC

menjar, matí... (català)	*manger, matin...* (francès)
comer, mañana... (castellà)	*comer, amanha...* (portuguès)

A tall de conclusió: trets generals comuns

Per acabar, i a banda de les consideracions anteriors, oferim un recull de trets comuns que caracteritzen les llengües romàniques com a **família lingüística**:

- **Fonètica:** el vocalisme és de quatre graus d'obertura, excepte el del castellà, el romanès i el sard, que solament en té tres. Les consonants palatals (corresponents a les grafies *ny, ix*...), que no existeixen en llatí, són corrents en els idiomes romànics.
- **Morfologia:** es distingeixen dos gèneres en el nom (masculí i femení, el neutre del llatí no ha perdurat) i dos nombres (singular i plural). També els dos articles, definit i indefinit, inexistents en llatí. En francès i en italià també hi ha una forma partitiva de l'article. Hi ha idiomes romànics, com el castellà, que tenen un sistema de demostratius de tres termes (en relació amb les tres persones gramaticals); d'altres, en canvi, com el francès, en tenen dos (indiquen proximitat i llunyania).
- **Pronoms febles:** la majoria de llengües romàniques tenen un sistema de pronoms personals febles, entre els quals n'hi ha dos d'adverbials (*en* i *hi*), excepte el portuguès, el castellà i el romanès.
- **Morfologia verbal:** és rica, amb desinències verbals que indiquen la persona, el nombre, el temps, l'aspecte i el mode. Malgrat l'abundància de formes verbals sintètiques, també hi ha força temps compostos, amb un verb auxiliar.
- **Sintaxi:** les llengües romàniques són més analítiques que no pas el llatí, el mot hi és menys autònom. La declinació nominal llatina desapareix excepte en romanès, en què es conserva parcialment, i per tal de substituir-la funcionalment s'ha desenvolupat molt l'ús de les preposicions.
- **Ordre dels mots dins l'oració:** la seqüència subjecte-verb-objecte és la més habitual. Aquest ordre es pot alterar en la majoria de les llengües en determinats casos, però sense arribar mai a la llibertat d'ordenació dels elements del llatí clàssic.
- **Lèxic:** a excepció del francès, la derivació és molt usada per a crear mots nous. La composició també es fa servir força, però menys que en els idiomes germànics. El vocabulari romànic es compon de mots bàsics provinents del llatí i de manlleus de diferents llengües distribuïts de manera desigual pels diversos idiomes.

Monestir de Yuso a San Millán de la Cogolla (La Rioja), considerat el bressol del castellà. Del seu escriptori sortiren els primers manuscrits en aquesta llengua.

Activitats

1. Relaciona els següents grups d'etimologies llatí-llengües romàniques (*etimologia* significa origen d'un mot) amb les explicacions que donem més avall.

AMICA → *amiga* (català, castellà)

AMICA → *amica* (italià)

DUOS → *dos* (català, castellà)

DUOS → *due* (italià), *doua* (romanès)

a) Sonoritza les consonants oclusives sordes que van entre vocals: *p* → *b*, *t* → *d*, *k* → *g*.

b) Conserva les consonants oclusives (*p, t, k*).

c) Manté la -*s* en el plurals (procedeix de l'acusatiu plural del llatí).

d) No manté -*s* en la formació del plural.

2. @ Busca com es diuen en castellà, francès, italià, portuguès i romanès les paraules *riba* i *homes* (pots utilitzar algun traductor en línia).

— Tot seguit observa les similituds entre elles (incloent-hi les paraules catalanes *riba* i *homes*) i explica-ho tenint en compte el que has treballat a l'activitat anterior.

3. Busca com es diuen en anglès aquestes paraules catalanes: *blau, espia, gris, guanyar, guaita, guerra, jardí, tovalla*.

— Llegeix-les i fixa't com s'escriuen i com es pronuncien.

— Hi trobes alguna semblança amb el català? A què es deu això?

4. Esbrina com es diuen en castellà aquestes paraules: *carxofa, cotó, garrofa, magatzem, quitrà, safrà, sucre.*

— S'assemblen al català? Per quin motiu?

— En què es diferencien les paraules castellanes de les catalanes? Investiga l'origen d'aquesta diferència.

5. Llegeix aquest poemes en diferents llengües romàniques mirant d'entendre'ls i respon les preguntes.

Supplica a mia madre

E' difficile dire con parole di figlio
ciò a cui nel cuore ben poco assomiglio.

Tu sei la sola al mondo che sa, del mio cuore,
ciò che è stato sempre, prima d'ogni altro amore.

Per questo devo dirti ciò ch'è orrendo conoscere:
è dentro la tua grazia che nasce la mia angoscia.

Pier Paolo Pasolini

L'amour sans trêve

Ce triangle d'eau qui a soif
cette route sans écriture
Madame, et le signe de vos mâtures
sur cette mer où je me noie
Les messages de vos cheveux
le coup de fusil de vos lèvres
cet orage qui m'enlève
dans le sillage de vos yeux.

Antonin Artaud

— Digues en quin idioma estan escrits.

— Quin dels dos has pogut entendre millor?

— Tenint en compte això, comenta la frase següent del filòleg A. M. Badia i Margarit:

Així que intentem aprofundir-hi, per precisar-ne peculiaritats lingüístiques, ens veiem obligats a separar el francès de tota la resta [de llengües romàniques], a causa dels seus tractaments, tan específics i tan singulars.

6. @ Visualitza aquest documental sobre la romanització.

http://links.edebe.com/qu6

— Qui és el protagonista? Què li passa?

— On se situa la història? Esbrina-ho a partir del nom romà que es dóna al principi i dels pobles que apareixen als crèdits finals.

— Digues quins són els tres conreus bàsics d'aquesta comarca i, per extensió, de tot l'Imperi romà. Què s'elabora amb ells?

— Quines virtuts romanes s'esmenten? Escriu-les en llatí (tal com apareixen al documental) i després en català i castellà.

— Digues quin producte lligat amb una denominació d'origen s'hi promociona.

Els sons i els símbols fonètics

La parla humana es basa en un conjunt de sons que els éssers humans produïm amb el nostre **aparell fonador**. Tots aquests sons, que de manera molt general podríem classificar en vocals i consonants, són estudiats per una ciència anomenada **fonètica**. Vegem-ho amb més detall.

Com es produeixen els sons

Per parlar aprofitem alguns òrgans de l'**aparell respiratori** (pulmons, nas...) i de l'**aparell digestiu** (llengua, dents...). La seva combinació, impulsant l'aire que surt dels pulmons (espiració) fins fer-lo arribar a la boca i el nas, produeix la **veu**.

Observant aquesta representació de l'aparell fonador, podem comprendre millor l'itinerari que recorre l'aire.

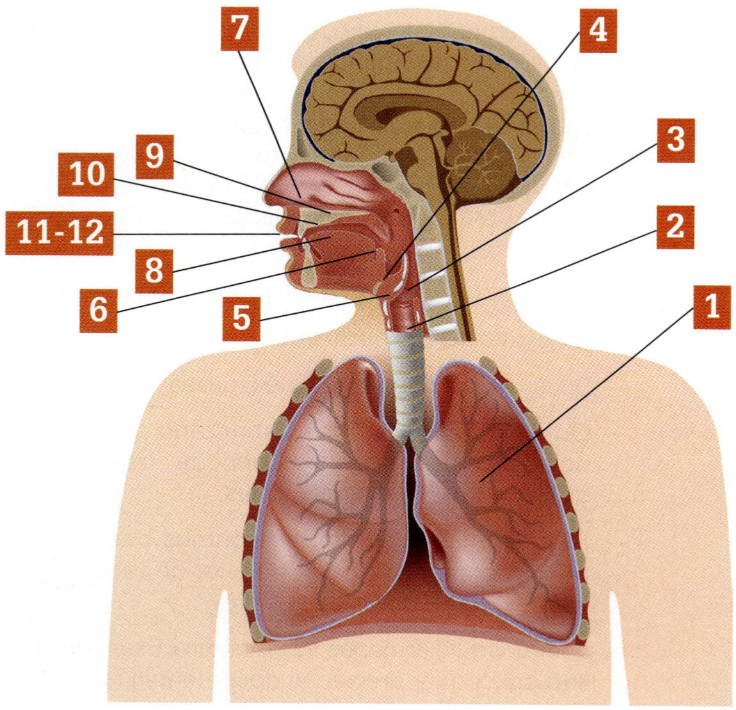

1. Pulmons. 2. Tràquea. 3. Laringe. 4. Cordes vocals. 5. Faringe. 6. Úvula o campaneta. 7. Fosses nasals. 8. Llengua. 9. Vel del paladar. 10. Alvèols dentals. 11. Dents. 12. Llavis.

En aquest recorregut, l'aire surt dels pulmons, passa per la tràquea i després per la laringe, on troba les **cordes vocals**, el primer obstacle important; aquestes juguen un paper important, ja que si vibren o no fan que els sons siguin **sonors** (totes les vocals ho són i també algunes consonants) o **sords** (algunes consonants). Tot seguit l'aire arriba on s'uneixen les **cavitats nasal** i **bucal**; en aquest punt hi ha una petita membrana, l'úvula o **campaneta**, que pot dirigir l'aire cap al nas o cap a la boca. Si va cap a la boca, allà troba la llengua, els llavis, les dents, els alvèols dentals, el paladar i el vel del paladar. Tots aquests òrgans acabaran de modelar d'una manera o una altra l'aire produint diferents sons.

En tot aquest procés, ens fixarem ara només en les vocals i les consonants: què fa que siguin uns sons tan diferents? Aquesta és la resposta:

- **Sons vocàlics:** l'aire no ha estat interromput en el seu recorregut (excepte la vibració de les cordes vocals), només la disposició de la llengua i l'obertura dels llavis l'han modulat produint una determinada ressonància.
- **Sons consonàntics:** l'aire ha estat interromput per la llengua o els llavis. Són consonants la majoria dels sons de la nostra llengua.

Com es representen els sons

Com hem dit en començar, la fonètica estudia les característiques dels sons; es tracta d'una branca de la **lingüística** (ciència que estudia el llenguatge).

Per tal de representar amb claredat cada un dels sons que l'aparell fonador humà pot articular, l'Associació Fonètica Internacional (AFI) va crear l'**alfabet fonètic internacional**. Consta d'uns **símbols fonètics** que serveixen per transcriure els sons de totes les llengües i que ens ajuden a pronunciar-los correctament. Els sons o tires de sons (paraules, frases...) transcrits amb aquest alfabet s'escriuen entre claudàtors: per exemple, casa [kázə].

Alfabet fonètic internacional

So	Transcripció	Exemple
i	[sí]	*sí*
e	[ʎét]	*llet*
ɛ	[sɛ́rrə]	*serra*
a	[pás]	*pas*
ə	[kázə]	*casa*
ɔ	[gɔ́l]	*gol*
o	[sórt]	*sord*
u	[fúm]	*fum*
j	[máj]	*mai*
w	[kwuán]	*quan*
b	[báf]	*baf*
d	[dít]	*dit*
g	[gát]	*gat*
β	[əβɛ́ʎə]	*abella*
ð	[káðə]	*cada*
ɣ	[pəɣá]	*pagar*
p	[póp]	*pop*
t	[táp]	*tap*
k	[kámə]	*cama*
v	[ví]	*vi (dialectal)*
f	[fúm]	*fum*
s	[pəsá]	*passar*
z	[kɔ́zə]	*cosa*
ʃ	[kəʃál]	*queixal*
ʒ	[pəʒɛ́s]	*pagès*
ʎ	[kəʎát]	*callat*
l	[pál]	*pal*
ɾ	[pɛ́ɾə]	*pera*
r	[káru]	*carro*
m	[més]	*mes*
n	[nás]	*nas*
ɲ	[ɲáɲu]	*nyanyo*
ŋ	[báŋ]	*banc*

En els webs següents pots trobar l'adaptació al català de l'alfabet fonètic internacional.

http://links.edebe.com/n2xh3

http://links.edebe.com/gyn

Consulta també l'enllaç següent de l'IEC si vols aprofundir en l'aplicació al català dels principis de transcripció de l'Associació Fonètica Internacional.

http://links.edebe.com/kemkk2

Activitats

1. Copia al teu quadern aquest esquema de l'aparell fonador i escriu els noms de les diferents parts que el formen.

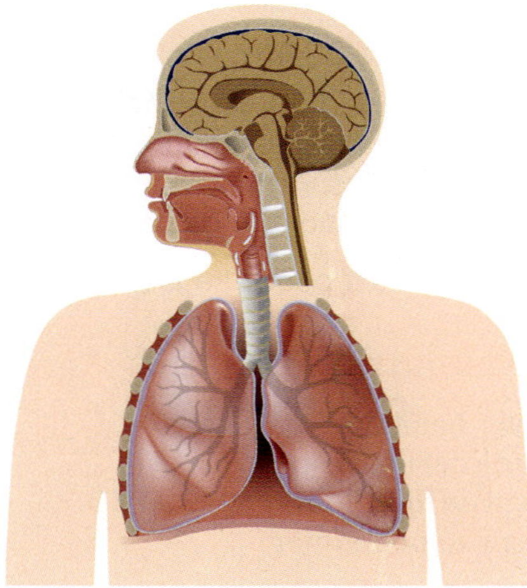

2. Escriu a sota de les grafies o lletres en negreta el símbol fonètic que representin els sons vocàlics corresponents.

ress**ò** **a**rbre cami**ó** p**u**nt par**e** at**è**s

[ ] [ ] [ ] [ ] [ ] [ ]

ll**e**t p**i** p**o**rta m**e**l m**a**re ar**a** ga**i**re

[ ] [ ] [ ] [ ] [ ] [ ] [ ]

3. Fes el mateix amb les grafies dels sons consonàntics destacats.

aca**b**a rà**d**io a**g**afa **ll**una **f**oc cai**x**a

[ ] [ ] [ ] [ ] [ ] [ ]

sol **b**on cra**nc** **n**om ca**ny**a **c**ap ta**p**

[ ] [ ] [ ] [ ] [ ] [ ] [ ]

ca**r**a a**rr**el a**m**or ro**s**a **g**erro **g**ust **j**oia

[ ] [ ] [ ] [ ] [ ] [ ] [ ]

4. La essa sorda es representa amb diferents grafies, així com la essa sonora. Tenint en compte això, fes la transcripció fonètica de les lletres destacades en les paraules següents.

cel **z**ero mo**ss**o **s**ol cami**s**a pe**ç**a

[ ] [ ] [ ] [ ] [ ] [ ]

Comentari de text

Com bé saps, comentar un text consisteix a saber què diu un text (tema) i com ho diu (forma).

1a Fase: Estudi del text i esborrany

Comprensió

En primer lloc fem una lectura superficial per extreure'n una idea global; busquem el significat dels mots difícils i després fem una lectura atenta, subratllant les idees principals de cada paràgraf.

— Llegeix el text poètic següent:

L'emigrant

Dolça Catalunya,
pàtria del meu cor,
quan de tu s'allunya
d'enyorança es mor.

I
Hermosa vall, bressol de ma infantesa,
blanc Pirineu,
marges i rius, ermita al cel suspesa,
per sempre adéu!
Arpes del bosc, pinsans i caderneres,
cantau, cantau;
jo dic plorant a boscos i riberes:
adéu-siau!

II
¿On trobaré tos sanitosos climes,
ton cel daurat?
mes ai, mes ai! ¿on trobaré tes cimes,
bell Montserrat?
Enlloc veuré, ciutat de Barcelona,
ta hermosa Seu,
ni eixos turons, joiells de la corona
que et posà Déu.

III
Adéu, germans; adéu-siau, mon pare,
no us veuré més!
Oh! si al fossar on jau ma dolça mare,
jo el llit tingués!
Oh mariners, el vent que me'n desterra,
que em fa sofrir!
Estic malalt, mes ai!, torneu-me a terra,
que hi vull morir!

Jacint Verdaguer, *Pàtria*

Contextualització

Tot seguit, busquem informació en fonts diverses, escrites i digitals, sobre la vida i l'obra de Verdaguer per situar-lo en el seu context històric, social i cultural. Aquesta informació ens ajudarà a comprendre millor el poema.

Jacint Verdaguer (1845-1902) va néixer a Folgueroles (Osona) en el si d'una família pagesa amb un cert nivell cultural. Va ser ordenat sacerdot als vint-i-cinc anys. Per curar-se de migranya va fer de capellà de vaixell per l'Atlàntic l'any 1875. Les seves dues obres més importants són els poemes *L'Atlàntida* i *Canigó*.

«L'emigrant» pertany al volum *Pàtria* (1888), un recull de la seva poesia de tema civil que conté algunes de les composicions més emblemàtiques de Verdaguer («A Barcelona», «Don Jaume en Sant Jeroni», «Los dos campanars»...). Hi trobem els elements de la noció verdagueriana de pàtria: la història, els mites, el paisatge, els costums, la religiositat, l'enyor de la terra...

L'obra literària de Verdaguer té un marcat caràcter romàntic, amb profundes arrels populars. Els temes que hi tracta són religiosos, patriòtics i socials. Va connectar amb el poble i va posar les bases del català literari modern.

Anàlisi del contingut i de l'estructura

Resumim el poema i determinem com s'hi organitzen les idees, és a dir, localitzem les parts en què es divideix. Amb l'ajut del resum i del contingut de cada part, enunciem el tema.

— Fixa't en les tres parts en què està organitzat el poema:

- **Introducció:** en la primera estrofa fixa el leitmotiv del text, l'enyorança de Catalunya.
- **Desenvolupament:** les estrofes segona i tercera concreten aquesta enyorança esmentant indrets emblemàtics en la vida de Verdaguer (plana de Vic, Pirineus, ermita de Sant Jordi, Montserrat, Barcelona…).
- **Cloenda:** en la 4a estrofa parla de l'enyor de la família i del desig de tornar i morir perquè estava malalt (el poeta sofria cefalàlgies).

— Vist això, assenyala el tema de «L'emigrant».

- ☐ La por als viatges transatlàntics
- ☐ L'enyorança de la pàtria

Expressió

Analitzem els recursos retòrics que usa Verdaguer per expressar les idees que hem vist abans. En primer lloc, mirem les **estrofes** i la **mètrica**.

— La primera estrofa consta de quatre versos i rep el nom de tornada. La resta d'estrofes són de vuit versos, però amb versos de mètrica diferent.

— Mesura les síl·labes de la primera estrofa i digues de quin tipus de vers es tracta:

- ☐ tetrasíl·lab
- ☐ pentasíl·lab

La resta d'estrofes consten de versos…

- ☐ decasíl·labs i tetrasíl·labs
- ☐ hendecasíl·labs i pentasíl·labs

— Ara ens fixem en la **rima**. Indica com és la rima de la primera estrofa i com es distribueix:

- ☐ assonant, a b b a
- ☐ consonant, a b a b

I en la resta d'estrofes és:

- ☐ assonant, C D C D E F E F…
- ☐ consonant, C d C d E f E f…

Tot seguit passem a identificar els diversos **recursos retòrics** que apareixen en «L'emigrant».

— Digues quina classe de recursos retòrics són:

Arpes del bosc, pinsans i caderneres

- ☐ comparació
- ☐ metàfora

jo dic plorant a boscos i riberes: adéu-siau!

- ☐ asíndeton
- ☐ personificació

¿On trobaré tos sanitosos climes, […]?

- ☐ interrogació retòrica
- ☐ paradoxa

Enlloc veuré, ciutat de Barcelona, ta hermosa Seu

- ☐ enumeració
- ☐ hipèrbole

Oh mariners, […]!

- ☐ apòstrofe
- ☐ metonímia

Opinió crítica

S'aplega la informació que s'ha obtingut i es copsa la importància del tema, les idees expressades i els recursos, i ho contrastem amb el nostre criteri. És la part més subjectiva i lliure del comentari.

— Tingues en compte el següent:

- Creus que els recursos expressius utilitzats aconsegueixen transmetre la intenció de l'autor?
- El missatge d'aquest text té vigència avui dia?

L ' EMIGRANT

Dolca Catalunya,
pátria del meu cor,
quan de tu s' allunya
de enyorança 's mor.

I

Hermosa vall, breçol de ma infantesa,
blanch Pirineu,
márgens y rius, hermita al cel sospesa,
per sempre adeu!
Arpes del bosch, pinçans y caderneres,
cantáu, cantáu,
jo dich plorant a boscos y riberes,
¡a Deu siau!

2a Fase: Redacció del comentari

Finalment, redactem el comentari amb la informació obtinguda. Se segueix el guió següent:

- **Introducció.** Es comença el comentari contextualitzant l'autor i el període literari al qual pertany.
- **Exposició.** Resum del text i anàlisi de l'estructura i del tema, exposant què vol expressar l'autor en aquest poema. Explicació del gènere literari emprat i dels recursos retòrics. Relació del text amb l'època en què va ser escrit i fins a quin punt és representatiu de la mateixa.
- **Conclusió.** Represa del més important que s'ha dit i elaboració d'una valoració personal.

— Ara completa tu la redacció del comentari de text d'aquest poema.

Introducció

Jacint Verdaguer (1845-1902) va néixer en el si d'una família pagesa d'Osona amb un cert nivell cultural. Va compaginar la literatura amb el sacerdoci. Les seves dues obres més importants són *L'Atlàntida* i *Canigó*. Per curar-se de migranya va fer de capellà de vaixell per l'Atlàntic l'any 1875. Aquests viatges són l'origen d'aquesta composició que pertany a *Pàtria* (1888), un recull que conté alguns dels seus poemes més emblemàtics i els elements que configuren la noció verdagueriana de pàtria: la història, l'enyor, els mites, el paisatge, els costums, la religiositat…

Exposició

En aquest poema Jacint Verdaguer ....

Conclusió

....

Avalua les teves competències

Comprensió lectora

1. Observa i llegeix amb atenció l'anvers i el revers d'aquest document i respon les preguntes.

CRANC DE RIU AMERICÀ
Procambarus clarkii

Oriünda de la conca del Mississippi.
Molt apreciada gastronòmicament, el que ha comportat el seu cultiu de forma intensiva i extensiva i, amb això, la seva dispersió i la introducció malintencionada.
Va arribar a Europa el 1975

Tots a hola!
Estem com? Bé nosaltres.
Collserola a som jà.
Europa a bé molt adaptant
estem ens.

ALERTA
La introducció d'espècies vegetals i animals és la segona causa de pèrdua de biodiversitat a escala mundial, darrere de la destrucció dels hàbitats.
No deixeu anar les vostres mascotes i, si teniu jardí, tingueu en compte que les llavors de les plantes s'escampen pels voltants.

Família Procambarus clarkii
Mississippí
Estats Units

— Quin tipus de document simula en aparença?

— Quin tipus de document és en realitat?

- ☐ Un fullet publicitari d'un nou establiment alimentari.
- ☐ Un fullet informatiu sobre una espècie determinada de cranc.
- ☐ Una etiqueta informativa sobre el valor alimentari del cranc.

— Observa l'anvers del document i digues quina és la informació que aporta.

— Ara, fixa't en el revers i explica quina intenció té el text escrit en vermell.

- ☐ Prohibir la ingestió d'aquest cranc.
- ☐ Prohibir l'abandonament de mascotes.
- ☐ Informar sobre els efectes negatius de la introducció d'espècies invasores.

— Qui figura com a remitent? A qui es refereix?

— Llegeix el text manuscrit del revers i digues quina anomalia hi detectes.

— Explica quin és l'objectiu d'aquest document.

2. Per fer front a l'amenaça del cranc de riu americà davant el cranc autòcton, la Generalitat de Catalunya ha engegat diferents plans d'acció. Un d'ells és la cria en captivitat i introducció del cranc autòcton.

— Observa aquesta taula que mostra l'evolució de les poblacions de cranc de riu autòcton i respon les preguntes:

	2005	2006	2007	2008	2009	2010	2011	2012	2013	2014	2015
Total de població	24	24	16	12	12	12	8	27	30	30	30

- Què succeeix entre l'any 2011 i 2012? Per què creus que s'ha produït aquest augment de població?
- Què observes en els darrers tres anys?
- Quin és el balanç de població del cranc autòcton des de 2005 fins al 2015?

Coneixement de la llengua i expressió escrita

3. Torna a llegir el text manuscrit del revers del document inicial i escriu-lo correctament tot construint oracions amb sentit.

— Llegeix aquesta oració i després respon les preguntes: *Ja som a Collserola.*

- Quin tipus de subjecte té aquesta oració?

  ☐ Subjecte pacient ☐ Subjecte el·líptic ☐ Subjecte explícit

- Amb quin valor s'utilitza el verb *ser* ?

  ☐ Té un valor copulatiu. ☐ Té un valor predicatiu. ☐ Té un valor transitiu.

- Quina funció fa el complement verbal *a Collserola*?

  ☐ Atribut ☐ Complement indirecte ☐ CC de lloc

4. Escriu un text expositiu que informi sobre aquesta espècie. Utilitza i amplia la informació de la fitxa informativa següent.

Espècie:	Cranc de riu americà.
Hàbitat:	Viu en rius, torrents... Tolera alts nivells de contaminació en les aigües.
Reproducció:	Les femelles ponen entre 200 i 900 ous.
Alimentació:	Són omnívors. La seva alimentació es basa en larves, ous de peixos, restes de peixos morts, cries d'altres crancs...
Distribució:	Va ser introduït a la península Ibèrica l'any 1974 de forma voluntària, sense cap mena de control. Aquesta introducció ha suposat una invasió de l'hàbitat en detriment del cranc autòcton.
Interès gastronòmic:	Té una qualitat inferior a la del cranc de riu autòcton.

Comunicació oral

5. Per què creus que en el document inicial s'alerta de no deixar anar les mascotes al medi natural?

— Valora si és necessària l'actuació de l'Administració en aquests casos. Justifica els teus arguments.

Annex

cantar

MODE INDICATIU

Present	Perfet	Passat anterior
canto	he cantat	haguí cantat
cantes	has cantat	hagueres cantat
canta	ha cantat	hagué cantat
cantem	hem cantat	haguérem cantat
canteu	heu cantat	haguéreu cantat
canten	han cantat	hagueren cantat

Imperfet	Plusquamperfet	Passat anterior perifràstic
cantava	havia cantat	vaig haver cantat
cantaves	havies cantat	vas haver cantat
cantava	havia cantat	va haver cantat
cantàvem	havíem cantat	vam haver cantat
cantàveu	havíeu cantat	vau haver cantat
cantaven	havien cantat	van haver cantat

Passat simple	Passat perifràstic	Condicional
cantí	vaig cantar	cantaria
cantares	vas cantar	cantaries
cantà	va cantar	cantaria
cantàrem	vam cantar	cantaríem
cantàreu	vau cantar	cantaríeu
cantaren	van cantar	cantarien

Futur	Futur perfet	Condicional perfet
cantaré	hauré cantat	hauria cantat
cantaràs	hauràs cantat	hauries cantat
cantarà	haurà cantat	hauria cantat
cantarem	haurem cantat	hauríem cantat
cantareu	haureu cantat	hauríeu cantat
cantaran	hauran cantat	haurien cantat

MODE SUBJUNTIU

Present	Perfet	Imperfet
canti	hagi cantat	cantés
cantis	hagis cantat	cantessis
canti	hagi cantat	cantés
cantem	hàgim cantat	cantéssim
canteu	hàgiu cantat	cantéssiu
cantin	hagin cantat	cantessin

Plusquamperfet

hagués cantat
haguessis cantat
hagués cantat
haguéssim cantat
haguéssiu cantat
haguessin cantat

MODE IMPERATIU

canta tu
canti ell
cantem nosaltres
canteu vosaltres
cantin ells

FORMES NO PERSONALS

Infinitiu cantar (simple) haver cantat (compost)
Gerundi cantant (simple) havent cantat (compost)
Participi cantat, cantada, cantats, cantades

perdre

MODE INDICATIU

Present	Perfet	Passat anterior
perdo	he perdut	haguí perdut
perds	has perdut	hagueres perdut
perd	ha perdut	hagué perdut
perdem	hem perdut	haguérem perdut
perdeu	heu perdut	haguéreu perdut
perden	han perdut	hagueren perdut

Imperfet	Plusquamperfet	Passat anterior perifràstic
perdia	havia perdut	vaig haver perdut
perdies	havies perdut	vas haver perdut
perdia	havia perdut	va haver perdut
perdíem	havíem perdut	vam haver perdut
perdíeu	havíeu perdut	vau haver perdut
perdien	havien perdut	van haver perdut

Passat simple	Passat perifràstic	Condicional
perdí	vaig perdre	perdria
perderes	vas perdre	perdries
perdé	va perdre	perdria
perdèrem	vam perdre	perdríem
perdèreu	vau perdre	perdríeu
perderen	van perdre	perdrien

Futur	Futur perfet	Condicional perfet
perdré	hauré perdut	hauria perdut
perdràs	hauràs perdut	hauries perdut
perdrà	haurà perdut	hauria perdut
perdrem	haurem perdut	hauríem perdut
perdreu	haureu perdut	hauríeu perdut
perdran	hauran perdut	haurien perdut

MODE SUBJUNTIU

Present	Perfet	Imperfet
perdi	hagi perdut	perdés
perdis	hagis perdut	perdessis
perdi	hagi perdut	perdés
perdem	hàgim perdut	perdéssim
perdeu	hàgiu perdut	perdéssiu
perdin	hagin perdut	perdessin

Plusquamperfet

hagués perdut
haguessis perdut
hagués perdut
haguéssim perdut
haguéssiu perdut
haguessin perdut

MODE IMPERATIU

perd tu
perdi ell
perdem nosaltres
perdeu vosaltres
perdin ells

FORMES NO PERSONALS

Infinitiu perdre (simple) haver perdut (compost)
Gerundi perdent (simple) havent perdut (compost)
Participi perdut, perduda, perduts, perdudes

dormir

MODE INDICATIU

Present	Perfet	Passat anterior
dormo	he dormit	haguí dormit
dorms	has dormit	hagueres dormit
dorm	ha dormit	hagué dormit
dormim	hem dormit	haguérem dormit
dormiu	heu dormit	haguéreu dormit
dormen	han dormit	hagueren dormit

Imperfet	Plusquamperfet	Passat anterior perifràstic
dormia	havia dormit	vaig haver dormit
dormies	havies dormit	vas haver dormit
dormia	havia dormit	va haver dormit
dormíem	havíem dormit	vam haver dormit
dormíeu	havíeu dormit	vau haver dormit
dormien	havien dormit	van haver dormit

Passat simple	Passat perifràstic	Condicional
dormí	vaig dormir	dormiria
dormires	vas dormir	dormiries
dormí	va dormir	dormiria
dormírem	vam dormir	dormiríem
dormíreu	vau dormir	dormiríeu
dormiren	van dormir	dormirien

Futur	Futur perfet	Condicional perfet
dormiré	hauré dormit	hauria dormit
dormiràs	hauràs dormit	hauries dormit
dormirà	haurà dormit	hauria dormit
dormirem	haurem dormit	hauríem dormit
dormireu	haureu dormit	hauríeu dormit
dormiran	hauran dormit	haurien dormit

MODE SUBJUNTIU

Present	Perfet	Imperfet
dormi	hagi dormit	dormís
dormis	hagis dormit	dormissis
dormi	hagi dormit	dormís
dormim	hàgim dormit	dormíssim
dormiu	hàgiu dormit	dormíssiu
dormin	hagin dormit	dormissin

Plusquamperfet	MODE IMPERATIU
hagués dormit	dorm tu
haguessis dormit	dormi ell
hagués dormit	dormim nosaltres
haguéssim dormit	dormiu vosaltres
haguéssiu dormit	dormin ells
haguessin dormit	

FORMES NO PERSONALS

Infinitiu dormir (simple) haver dormit (compost)
Gerundi dormint (simple) havent dormit (compost)
Participi dormit, dormida, dormits, dormides

servir

MODE INDICATIU

Present	Perfet	Passat anterior
serveixo	he servit	haguí servit
serveixes	has servit	hagueres servit
serveix	ha servit	hagué servit
servim	hem servit	haguérem servit
serviu	heu servit	haguéreu servit
serveixen	han servit	hagueren servit

Imperfet	Plusquamperfet	Passat anterior perifràstic
servia	havia servit	vaig haver servit
servies	havies servit	vas haver servit
servia	havia servit	va haver servit
servíem	havíem servit	vam haver servit
servíeu	havíeu servit	vau haver servit
servien	havien servit	van haver servit

Passat simple	Passat perifràstic	Condicional
serví	vaig servir	serviria
servires	vas servir	serviries
serví	va servir	serviria
servírem	vam servir	serviríem
servíreu	vau servir	serviríeu
serviren	van servir	servirien

Futur	Futur perfet	Condicional perfet
serviré	hauré servit	hauria servit
serviràs	hauràs servit	hauries servit
servirà	haurà servit	hauria servit
servirem	haurem servit	hauríem servit
servireu	haureu servit	hauríeu servit
serviran	hauran servit	haurien servit

MODE SUBJUNTIU

Present	Perfet	Imperfet
serveixi	hagi servit	servís
serveixis	hagis servit	servissis
serveixi	hagi servit	servís
servim	hàgim servit	servíssim
serviu	hàgiu servit	servíssiu
serveixin	hagin servit	servissin

Plusquamperfet	MODE IMPERATIU
hagués servit	serveix tu
haguessis servit	serveixi ell
hagués servit	servim nosaltres
haguéssim servit	serviu vosaltres
haguéssiu servit	serveixin ells
haguessin servit	

FORMES NO PERSONALS

Infinitiu servir (simple) haver servit (compost)
Gerundi servint (simple) havent servit (compost)
Participi servit, servida, servits, servides

Recursos retòrics

Recorda que en el monogràfic del segon trimestre vas estudiar que els **recursos retòrics** s'utilitzen en la llengua literària per a crear bellesa i provocar emocions i sentiments en el lector.

Aquests recursos retòrics es poden classificar tenint en compte tres criteris: el so de les paraules, l'ordre de les paraules dins de l'oració i el seu significat.

- **Recursos fonètics:** busquen crear un efecte de sonoritat mitjançant la combinació dels sons de les paraules.

AL·LITERACIÓ: Repetició de sons iguals o semblants en una oració o vers.	Que lentes les fulles roges de les veus, que incertes quan vénen a colgar-nos. Adormides, les fulles dels meus besos van colgant Gabriel Ferrater	En aquest exemple es repeteix el so de la «s» per tal de suggerir un so agradable relacionat amb el tema amorós del vers.
ONOMATOPEIA: Imitació de sons de la realitat.	Balla damunt la terra i s'afina, la fina esgarrifada. Brilla, renovellada, neta. Bartomeu Rosselló–Pòrcel	Aquí, mitjançant tot un seguit de paraules de dues síl·labes, algunes de molt semblants, es reprodueix el soroll d'una pluja fina i constant en xocar contra terra.

- **Recursos sintàctics:** busquen crear un efecte de sonoritat mitjançant la combinació dels sons de les paraules.

ENCAVALCAMENT: L'oració sintàctica continua al vers següent	Les fulles seques fan sardana d'ací d'allà saltironant, i dintre el bosc la tramuntana sembla la cobla al lluny sonant. Àngel Guimerà	Cadascuna de les dues oracions que hi ha s'allarga en dos versos.
ASÍNDETON: Supressió intencionada de les conjuncions que uneixen paraules i oracions.	Anàvem pujant cap a la ciutat alta, feixuga de pedra, feixuga de graons, amunt, amunt, per escales interminables, per tortuosos carrers, entre cases velles, algunes ja xarugues, ventrudes, desplomades. Joaquim Ruyra	Se suprimeix la conjunció, de manera que es transmet un ritme més ràpid.
POLISÍNDETON: Unió innecessària de diverses paraules o oracions amb conjuncions coordinants.	No fa ni un dia encara, encara no et conec i et tinc sabuda i vista i et desitjo de sempre. Narcís Comadira	Es repeteix la conjunció per donar més importància a cada element i fixa l'atenció del lector sobre cadascun.

ANÀFORA: **Repetició d'un o més mots al principi de diversos versos o oracions.**	Vinyes verdes vora el mar, verdes a punta de dia, verd suau de cap al tard... Feu-nos sempre companyia, vinyes verdes vora el mar! Josep Maria de Sagarra	La repetició del primer vers i també de l'adjectiu **verd** dóna més importància al seu significat i marca un ritme determinat.
HIPÈRBATON: **Alteració de l'ordre lògic usual de les paraules de l'oració (subjecte–verb–complements)**	No la cançó perfecta sinó el crit que invoca Déu és necessari. Joan Vinyoli	Fixa't que l'ordre natural seria: No és necessària la cançó perfecta sinó el crit que invoca Déu.

- **Recursos semàntics:** juguen amb el significat de les paraules, és a dir, amb l'ús de paraules amb un sentit diferent de l'original.

APÒSTROFE: **Invocació o crida a algú real o imaginari sense possibilitat de resposta.**	Oh! que cansat estic de la meva covarda, vella, tan salvatge terra. Salvador Espriu	En aquest cas el poeta es queixa en veu alta sense adreçar-se a ningú en concret.
COMPARACIÓ: **Estableix una relació entre dues paraules o conceptes que mantenen entre ells una semblança de significat.**	Com la gavina de la mar blavosa que en la tranquil·la platja fa son niu; com lo nevat colom que el vol reposa de l'arbre verd en lo brancatge ombriu; blanca, polida, somrient, bledana, casal d'humils virtuts i honrats amors, alegre barraqueta valenciana. Teodor Llorente	Aquí s'expressa la relació de semblança entre el color de les barraques tradicionals valencianes i dos ocells com el colom i la gavina.
EPÍTET: **Adjectiu que subratlla una qualitat o característica del substantiu al qual es refereix.**	La veig en fosca nit i en lluna clara. Tomàs Aguiló	Adona't que la nit és sempre fosca, com la lluna sempre és clara. L'ús d'aquests adjectius en el vers és redundant, no aporta significat.
METÀFORA: **Identificació que s'estableix entre un terme real (R) i un terme imaginari (I), els quals mantenen una relació de semblança. La identificació es fa sense enllaç.**	Fossis coixí i somni i son que abriga fores per sempre, amor, la meva amiga. Josep Palau i Fabre	Palau i Fabre expressa la semblança entre la persona de qui està enamorat i les paraules *coixí, somni* i *son*.
HIPÈRBOLE: **Exageració desmesurada que s'allunya de la realitat.**	Luard és una pell socarrimada, i és una llengua que no tasta gras; clatell pelut, i la gorra enfonsada, fins al nas; samarreta de plom, cul de cabàs, quatre dents que s'escapen, vironeres d'un trosset de bigoti atapeït, ulls amb un pam d'ulleres, i unes ungles més negres que la nit. Josep Maria de Sagarra	Sagarra exagera les característiques físiques del personatge, com per exemple les dimensions de les ulleres o la negror de les seves ungles.
PERSONIFICACIÓ: **Atribució de qualitats humanes a éssers irracionals o inanimats.**	Ara ha vingut la primavera i l'hivern, plorós, ha fugit. Tomàs Garcés	S'atribueix la qualitat humana de plorar o passejar a un concepte inanimat (l'hivern).

Estrofes amb un nombre fix de versos

Nombre de versos	Estructura i esquema
2 versos	**Apariat:** dos versos d'art major o d'art menor, o un de cada. Rima consonant o assonant. Esquema: aa, AA, aA.
3 versos	**Tercet:** tres versos d'art menor o d'art major. Rima consonant. Esquema: variable.
	Tercet encadenat: tres versos decasíl·labs sense cesura. Rima consonant: el primer vers rima amb el tercer; el segon rima amb el primer i el tercer del tercet següent. Esquema: ABA BCB CDC
4 versos	**Quarteta:** quatre versos d'art menor. Rima consonant. Esquema: abba, abab.
	Quartet: quatre versos d'art major. Rima consonant. Esquema: ABBA, ABAB.
5 versos	**Quintet:** cinc versos d'art menor o d'art major. Rima consonant, enllaçats almenys per dues rimes consonants diferents. Esquema: variable.
6 versos	**Sexteta:** sis versos d'art menor. Rima consonant, enllaçats per dues o tres rimes consonants diferents. Esquema: variable.
	Sextet: sis versos d'art major. Rima consonant, enllaçats per dues o tres rimes consonants diferents. Esquema: variable.
8 versos	**Octava:** vuit versos d'art major. Rima consonant. Esquema: variable.
	Cobla: vuit versos d'art major. Rima consonant. Esquema: ABBA CDDC, ABAB CDCD, ABBA CDCD, ABAB CDDC.
	Octava reial: vuit versos decasíl·labs. Rima consonant. Esquema: ABAB ABCC.
Combinació estròfica	**Sonet:** catorze versos d'art major (decasíl·labs o alexandrins). Format, generalment, per dos quartets i dos tercets. Rima consonant. Esquema: ABBA ABBA CCD CDD (els tercets poden oferir altres variants).

Estrofes amb un nombre variable de versos

Nom	Característiques
Romanç	Nombre indeterminat de versos, generalment de 7 síl·labes. Rima assonant en els versos parells i sense rima en els senars.
Estança	Combinació de versos d'art major amb d'altres d'art menor en disposició lliure.
Codolada	Alternança indeterminada de versos de 4 i de 8 síl·labes. Rimen apariats. Rima consonant.
Noves rimades	Nombre indeterminat de versos apariats, sovint de 8 síl·labes. Rima consonant.